www.ingramcontent.com/pod-product-compliance
Lightning Source LLC
LaVergne TN
LVHW010555070526
838199LV00063BA/4984

لندن کے سات رنگ

(ناول)

کرشن چندر

© Krishan Chander

London ke saat rang *(Novel)*

by: Krishan Chander

Edition: March '2025
Publisher :
Taemeer Publications LLC (Michigan, USA / Hyderabad, India)

ISBN 978-93-6908-578-1

9 789369 085781

مصنف یا ناشر کی پیشگی اجازت کے بغیر اس کتاب کا کوئی بھی حصہ کسی بھی شکل میں بشمول ویب سائٹ پر اَپ لوڈنگ کے لیے استعمال نہ کیا جائے۔ نیز اس کتاب پر کسی بھی قسم کے تنازع کو نمٹانے کا اختیار صرف حیدرآباد (تلنگانہ) کی عدلیہ کو ہو گا۔

© کرشن چندر

کتاب	:	**لندن کے سات رنگ** (ناول)
مصنف	:	**کرشن چندر**
صنف	:	فکشن
ناشر	:	تعمیر پبلی کیشنز (حیدرآباد، انڈیا)
سالِ اشاعت	:	۲۰۲۵ء
صفحات	:	۹۶
سرورق ڈیزائن	:	تعمیر ویب ڈیزائن

لندن کے سات رنگ (ناول) کرشن چندر

لندن کی پہلی شام

انگریزوں کی دو سو سالہ حکومت کی وجہ سے لندن کے نام سے رعب کھائے ہوئے تھے۔ کیسی حسرت تھی دل میں لندن کو دیکھنے کی، لڑکپن ہی میں کیسے کیسے رومانی نام سُن رکھے تھے۔ بانڈ اسٹریٹ، اکسفورڈ اسٹریٹ، پکڈلی، سوہو۔ نام جنہیں انگریزی، ناول نگاروں نے بے انتہا گلیمر عطا کر دی تھی۔ جی چاہتا تھا۔ کسی طرح ایک بار اُڑ کر چلے جائیں لندن، اور دیکھ لیں وہ شہر جہاں دُنیا بھر کی طاقت اور دولت اکٹھی ہو رہی ہے۔

"لیکن جب لندن دیکھنے کو ملا تو دل خس ہو کر بیٹھ گیا۔۔۔ اچھا تو یہ ہے لندن؟ نیم اندھیروں۔۔۔ پھیلی ہوئی بدبوؤں۔۔۔ چھوٹی چھوٹی سڑکوں۔۔۔ دُھند اور کہرے کا شہر! ٹیمز کو دیکھ کر راوی یا گومتی کی یاد تازہ ہونے لگی اور ٹیکسیاں کتنی پُرانی؟ معلوم ہوتا ہے پُرانی بگھیوں سے پہیئے اُتار کر ٹیکیاں میں ربڑ کے ٹائر فٹ کر دیئے گئے ہیں۔ اور ٹیکسی والے کتنے ٹھنڈے اور ست رفتار؟ معلوم ہوتا ہے رات کو ٹیکسی سمیت کسی بڑے فرجڈیر میں بند کر دیئے جاتے ہیں۔ اپنے وطن کے سردار جی ٹیکسی والے بہت یاد آنے لگے۔ کیا تازہ ترین ماڈل کی ٹیکسیاں ہوتی ہیں؟ کیا برق رفتاری ہوتی ہے؟ ٹریفک لائینس اور ٹریفک کے سپاہی دونوں منہ دیکھتے رہ جاتے ہیں۔ اور سردار جی ایک ہاتھ اسٹیرنگ پر رکھے دوسرے ہاتھ سے سپاہی کو ٹاٹا کرتے ہوئے گاتے ہوئے گزر جاتے ہیں۔ "بلّے نی گڈی وچوں لت لمکے۔ گورا رنگ تے سلیپر کالے۔ بلّے۔ بلّے۔ بلّے۔"

"ایک یہ ہیں انگریز ٹیکسی والے۔ اس طرح ناپ تول کر باقاعدگی سے آگے پیچھے دیکھ کر چلتے ہیں، گویا سڑک کے بجلی کے کھمبوں کو شمار کرنے نکلے ہیں۔ ٹیکسیاں تو

۶

پیرس میں لندن سے بھی پرانی ہیں۔ لیکن فرانسیسی ٹیکسی ڈرائیور اپنے وطن کے سردار جی سے بھی دو ہاتھ آگے رہتے ہیں یوں فل اسپیڈ سے موڑ کاٹتے ہیں گویا برف کی پھسلواں ڈھال پر (Skieing) کر رہے ہیں۔ ہر ایک سڑک ایک خطرناک مہم معلوم ہوتی ہے۔ ٹیکسی میں بیٹھنے والوں کے لئے بھی اور سڑک کراس کرنے والے کے لئے بھی۔ اسی لئے تو پیرس میں خون گرم ہوتا ہے اور لندن میں ٹھنڈا۔۔۔"

میری باتیں سن کر میرے میزبان قادر یار نے کہا۔ "معلوم ہوتا ہے تمہیں لندن پسند نہیں آیا۔۔۔؟"

ہم دونوں بی بی سی کے بغل والے جارج بار میں بیٹھے ہوئے تھے۔ جارج بار بی بی سی میں کام کرنے والے درمیانی طبقے کے ادیبوں، فنکاروں اور انجینئروں کا اڈہ ہے دہلی کے انڈیا کافی ہاؤس میں ایسے ایسے چار ریستوران سما سکتے ہیں۔ قادر یار مجھے کبھی تو ابرو کے اشارے سے، کبھی ہاتھ کی انگلی کے ایک مہذب اشارے سے انگریزی ادب کے اُن ادیبوں کے نام بتاتا جارہا تھا جو اِس وقت جارج میں موجود تھے۔ سبھی لوگ اپنی اپنی بیویاں یا لونڈیاں لئے ہوئے بیئر پی رہے تھے سگار اور سگریٹوں کے دھوئیں سے کمرہ بھرا ہوا تھا سب لوگ پاس پاس کھڑے تھے۔ کھوے سے کھوا چھل رہا تھا، کہیں بیٹھنے کی جگہ نہیں تھی

"انگریز لوگ وھسکی نہیں پیتے؟" میں نے قادر یار سے پوچھا۔

"وھسکی زیادہ تر باہر بھیجی جاتی ہے۔ دساورک وھسکی کی ساری دنیا میں مانگ ہے۔ اس لئے انگریز بیچارے کو وھسکی بہت کم نصیب ہوتی ہے۔ وہ تو بیئر اور تمباکو پر زندہ رہتا ہے۔" قادر یار نے کہا۔

قادر یار اور میں کسی زمانے میں لاہور میں ایک ہی جماعت میں اکٹھے پڑھتے تھے۔ کبھی میں پاس ہوتا تو وہ فیل ہو جاتا۔ اور کبھی میں فیل ہو جاتا تو وہ پاس ہو جاتا۔ نتیجے میں جلد یا بدیر ہم لوگ اکثر ایک ہی کلاس میں پائے جاتے۔ ہوشیار طلباء کا کہنا تھا کہ میرا اور قادر یار کا مستقبل بہت مشکوک ہے۔ مگر وہ اس وقت بی بی سی کے پاکستانی سیکشن میں

۷

ایک اعلیٰ عہدے پر فائز تھا اور میں ہندوستان سے یورپ کی سیاحت کو نکلا تھا۔ برسوں کے بعد لندن میں ہم دونوں مل گئے تو ایسا لگا جیسے کبھی کچھ تقسیم ہی نہ ہوا تھا۔

"انگریز لڑکیوں کے بارے میں تمہارا کیا تجربہ ہے؟" میں نے قادریار سے پوچھا اور پھر خود ہی اُسے بتانے لگا۔ سُنا ہے بڑی مادیت پرست ہوتی ہیں، خود غرض ہوتی ہیں اور ہر معاملے میں دو اور دو چار کی گردان کرتی ہیں۔"

اُس نے بیئر کا ایک لمبا گھونٹ لیا۔ ایک طنز آمیز مسکراہٹ اُس کے لبوں پر آئی۔

"اور مشرقی عورت تو بڑی روحانیت پرست ہوتی ہے نا؟ اُسے نہ موٹر چاہئے۔ نہ گھر، نہ فرنیچر، نہ اچھا کمانے والا شوہر، وہ نہ کپڑے مانگتی ہے، نہ زیور۔ بلکہ صرف بہشتی زیور پر قناعت کرتی ہے نا؟"

میں نے جھنجھلا کر کہا۔ "میں اُن لڑکیوں کی بات نہیں کرتا۔ میرا اشارہ وہ دوسری طرح کی لڑکیوں کی طرف ہے؟"

"اچھا... وہ؟" قادریار نے "وہ" پر بہت زور دیا۔ چند لمحے خاموش پھر بولا۔ "حیرت ہے تمہیں لندن میں آئے ہوئے دو دن گزر گئے ہیں اور تم نے آج یہ سوال کیا ہے۔؟ حالانکہ اکثر دوست تو چھوٹتے ہی یہ سوال کرتے ہیں"

اب چُپ رہنے کی باری میری تھی۔

اِس دوران میں اُس نے بیئر کے تین گھونٹ لئے... "جیسی لڑکیوں کی تم بات کرتے ہو، ویسی لڑکیوں کی پسند بہت عجیب ہے۔" قادریار بولا۔ "یہاں پر انگریز لڑکیوں کی پسند کے چار درجے ہیں۔"

"چار درجے؟"

"ہاں۔"

"پہلے درجہ میں امریکی آتے ہیں۔ دوسرے درجہ میں حبشی۔ تیسرے درجہ میں عرب۔ چوتھے درجہ میں جیمیکا کے ویسٹ انڈین۔ اِن درجوں سے گذر کر جو لڑکیاں بچ جاتی ہیں، وہ پاکستانیوں اور ہندوستانیوں کے ہاتھ آتی ہیں... اب تم سوچ لو وہ کیسی

ہوتی ہوں گی۔۔۔؟"

میں نے ہنس کر کہا۔"اب یقین آیا کہ ہم واقعی پچھڑے ہوئے ملک ہیں۔"

قادریار نے بیئر کا گلاس خالی کرتے ہوئے کہا... "مگر یہ سب کُلیئے دھرے رہ جاتے ہیں۔ ہر کُلیئے کی طرح اِن میں صرف آدھی سچّائی ہوتی ہے۔ دو دن میں تم لندن کو نہیں سمجھ سکتے اور دوسروں کے تجربے سے تو بالکل نہیں سمجھ سکتے۔"

"تو پھر کیسے سمجھ سکتا ہوں؟"

"اکیلے گھومو۔"

"تمہارے ساتھ نہیں"

"بالکل نہیں... بالکل اکیلے گھومو۔"

"ممکن ہے کھو جاؤں؟"

"تو کھو جاؤ۔ لندن میں کھو کر ہی تم شاید لندن کو سمجھ سکو گے۔ اتنے بچے بھی نہیں ہو میرے گھر کا ایڈریس تمہاری ڈائری میں محفوظ ہے۔"

"تو آج شام میں لندن کو ڈھونڈ ھتا ہوں۔"میں نے قادریار سے کہا۔

"اور میں گھر کی بس پکڑ تا ہوں۔ جب جی چاہے آجانا۔"

قادر نے ہم دونوں کا بل ادا کیا اور جارجز سے باہر نکل گئے۔

میں اکیلا گھومنے لگا۔۔۔

آکسفورڈ اسٹریٹ کے درزیوں کی دوکانیں دیکھ کر انارکلی لاہور کے درزیوں کی دوکانیں یاد آگئیں۔ جو زیادہ تر انارکلی کے بغل کی گلیوں میں کھلتی ہیں۔ وہی کپڑے۔ وہی تراش۔ بلکہ انگریز درزی فیشن کے اعتبار سے مجھے زیادہ قدامت پسند اور روایت پرست نظر آئے۔ پھر ایک بیحد حسین اور دلکش انگریز لڑکی نظر آئی۔ بالکل بلانڈ۔

۹

بالکل میدہ۔ اور شہاب۔ بلکہ شہد اور گلاب۔ ایسا معلوم ہوتا تھا کہ برف سے کاٹ کر بنائی گئی ہے اور رخساروں میں کسی چینی مصور نے رنگ بھرا ہے۔ میں مبہوت ہو کر اُس کی طرف دیکھنے لگا۔ وہ مجھے دیکھ کر ذرا سی مسکرائی اور پھر آگے کو چل دی۔ میں بھی دُم ہلاتا ہوا اُس کے پیچھے پیچھے چلنے لگا۔ مگر ذرا فاصلے پر۔ کیونکہ نووارد تھا۔ دل بُری طرح دھڑک رہا تھا۔ جی چاہتا تھا آگے بڑھ جاؤں اور اُس سے ہم کلام ہو جاؤں۔ کوئی ایک سو گز کے فاصلے تک ہم یوں ہی چلتے رہے۔ وہ آگے آگے۔ میں اس کے پیچھے پیچھے۔ اُس نے ایک بار بھی پیچھے مُڑ کر نہیں دیکھا۔ نہ چور نگکھیوں سے جھانکا۔ گرینڈ سینما کے قریب پہنچ کر وہ رُک گئی۔ اور میں ایک قدِ آدم آئینے میں اپنے آپ کو دیکھنے لگا۔ میرا سوٹ بہت عمدہ تھا اور سو فیصدی انگریزی۔ جیب میں پیسے بھی تھے۔ اور شکل وصورت بھی بُری نہ تھی۔ اس لئے۔۔۔؟

اتنے میں ایک حبشی لمبا تڑنگا اور چوڑے سینے والا ہنستا ہوا آیا۔ اُس کی بغل میں ایک لڑکی تھی۔ وہ میری بلانڈ کے قریب آ کے ٹھٹکا۔ مسکرایا اور پھر اُس نے اپنا دوسرا ہاتھ آگے بڑھایا۔ بلانڈ اُس حبشی کی بغل میں آ گئی۔ اب وہ دائیں بائیں دو انگریز لڑکیاں سنبھالے ہوئے تھا اور میں حیرت سے اُس کی طرف دیکھ رہا تھا۔ حبشی مجھے دیکھ کر زور سے ہنسا۔ اور بغل میں دونوں لڑکیوں کو داب کر پکڈلی کی طرف چلا گیا۔

میں گھوم کر فٹ پاتھ کے قریب بیٹھے ہوئے اخبار بیچنے والے کی طرف متوجہ ہو گیا بلکہ اِس طرح منہمک ہو گیا، گویا میری نگاہ میں بچھے ہوئے اخبار اُس لڑکی سے کہیں زیادہ دلکش تھے۔ میرا چہرہ غصہّ اور شرم سے تمتما رہا تھا۔ اور ایسا لگتا تھا، گویا حلق میں تھوک کے بجائے خون کے گھونٹ اُتر رہے ہیں۔ میں نے آبزرور خریدا۔ جسے میں صبح پڑھ چکا تھا۔ اور پھر گرینڈ سینما کی تصویروں کی طرف متوجہ ہو گیا۔ گرینڈ میں پکاسو کے آرٹ سے متعلق کوئی فلم چل رہی تھی اور میں پکاسو کا پرستار تھا۔ مگر وہ تینوں تو پکڈلی کی طرف گئے تھے۔ تو پکاسو کہ پکڈلی؟۔۔۔ پکڈلی کہ پکاسو؟

پھر قدم خود بخود پکڈلی کی طرف مُڑ گئے۔

وہ تینوں آگے جا رہے تھے۔ راستہ میں ایک جگہ گھڑیوں کی دوکان کے باہر ایک انگریز بھکاری کھڑا تھا۔ حبشی نے اُسے ایک سکہ دیا۔ پھر جب میں وہاں پہنچا تو میں نے بھی اُس بُڈھے انگریز بھکاری کو ایک سکہ دیا۔ ایک عجیب سی مسرت محسوس ہوئی۔ جیسے ٹیپو سلطان، سراج الدولہ اور نانا فرنویس کا سارہ قرضہ ایک ہی سکہ میں چکا دیا۔

ہولے ہولے چلتا رہا اور آگے بڑھتا رہا۔ اور اپنے سے آگے بڑھ جانے والے اُن تینوں کو دیکھتا رہا۔ وہ دونوں انگریز لڑکیاں دائیں بائیں اُس حبشی سے چمٹ رہی تھیں۔

یہ منظر لندن کے لئے نیا نہیں ہے۔ لیکن آج تک کسی انگریز ادیب میں اِسے بیان کرنے کی ہمت نہیں ہوئی۔

راستے میں جوتوں کی دوکانیں بہت عمدہ تھی۔ انگریز جوتے بہت عمدہ بناتے ہیں۔ بے حد بڑھیا اور دلکش اسٹائل والے، انگریز کے جوتوں، اور انشائیوں میں اس قوم کا اصلی رنگ جھلکتا ہے۔ ایک جوتا ضرور خریدنا پڑے گا۔ مگر اِس وقت نہیں۔ دیکھوں یہ تینوں جاتے کہاں ہیں؟

پکڈلی سرکس میں پہنچکر وہ تینوں بائیں طرف کو مُڑ گئے۔ اور زمین دوز ٹیوب کے ریلوے اسٹیشن کے اندر چلے گئے۔

خدا حافظ میری بلانڈ۔ زندہ باد افریقہ!

پکڈلی سرکس اتنا بڑا ہے جتنا بمبئی کا کھڑا پارسی چوک، دادر کا خداداد سرکل کا چوک بھی اُس سے دُگنا ہوگا۔ تو یہ ہے مشہور و معروف پکڈلی!؟ یہاں سے بہت سی گلیاں پھوٹتی ہیں۔ کچھ سوہو کو بھی جاتی ہیں۔ ایک بار خیال آیا۔ چلو چل کر سیر کریں۔ سوہو کی فاحشاؤں کا نظارہ کریں۔ اور کسی اطالوی ریستوراں میں چل کر کھانا کھائیں۔ پھر دل نہ مانا۔ دل کچھ عجیب طریقے سے اُداس سا ہو گیا تھا۔ میں پکڈلی سرکس کا چکر لگانے لگا۔ تھیٹروں اور ہوٹلوں پر نیان روشنیاں جگمگانے لگی تھیں۔ شام گہری ہو چلی تھی۔ گھر یاد آ رہا تھا۔ پنواڑی کی دوکان یاد آ رہی تھی۔ مگھئی پانوں کے نازک نازک سے دلنواز پتے، دل کی شکل کے۔ اور عورتیں گہرے رنگ کی ساڑھیاں پہنے ہوئے، جوڑے میں جوہی

کے پھول سجائے ہوئے اور کیلے کے پتوں پر سنہری گنڈیریاں رکھے ہوئے۔ اُن پر گلاب جل چھڑکتا ہوا گنڈیری فروش۔ بہت چھوٹی چھوٹی سی یادیں۔ ننھی ننھی کونپلوں کی طرح اُبھرنے لگیں۔ شاید وہ خط لکھ رہی ہوگی مجھے۔ یا اِس وقت میرا خط پڑھ رہی ہوگی۔ کیا میری سانولی کو معلوم ہے کہ ابھی میں نے آکسفورڈ اسٹریٹ سے پکڈلی تک اُس سے کیسی بے وفائی کی ہے۔

چلتے چلتے میں ایک تھیٹر کے باہر رُک گیا۔ یہاں بیکٹ کا مشہور ڈرامہ ''ویٹنگ فار گودو۔'' (Waiting for godot) چل رہا تھا۔ اِس تھیٹر کے بالکل سامنے سرکس کے دوسری طرف ''ٹی ہاؤس آف آگسٹ مون''۔ (Tea house of August Moon) یہ دونوں ڈرامے میں دیکھنا چاہتا تھا۔ مگر کب دیکھوں۔ آج یا کسی اور دن ...؟ پھر بائیں طرف نینان حروف میں جگمگاتا ہوا میں نے وہ نام پڑھا۔ ''لندن فالیز'' (London Follies) پیرس کی فالیز تو میں دیکھ چکا تھا۔ ظاہر ہے کہ اُس کے مقابلے میں لندن کی فالیز کیا ہوں گی؟ مگر دیکھنے میں کیا حرج ہے؟

شاید اُسی بلانڈ کو دیکھنے کی خواہش تھی۔ جو مجھے لاشعوری طور پر کھینچ کر لندن فالیز میں لے گئی۔ ٹکٹ گھر سے میں نے ٹکٹ خریدا اور نیچے تھیٹر میں چلا گیا۔

یہ تھیٹر ایک چھوٹے سے تہہ خانے کی صورت میں تھا۔ (Basement) میں نوّے آدمیوں کے بیٹھنے کی جگہ تھی۔ شو شروع ہو چکا تھا۔ صرف دو سیٹیں خالی تھیں اور وہ بھی کوئی خاص آرام دہ نہ تھیں۔ میں ایک سیٹ پر بیٹھ گیا۔ سارا ہال تمباکو کے گہرے دھوئیں سے بھرا ہوا تھا۔ سامنے اونچے اسٹیج پر عریاں اور نیم عریاں لڑکیاں ناچ رہی تھیں۔ تماشائیوں میں عورت ایک بھی نہ تھی۔ زیادہ تر ملاح تھے۔ اور سیاح اور ادھیڑ عمر کے انگریز جو بار بار رومال نکال کر اپنا پسینہ پونچھتے جاتے تھے۔ اسٹیج سے زیادہ دلکش منظر اُن چہروں پر نظر آ رہا تھا۔ جو عریاں ڈانس دیکھنے کے لئے آئے تھے۔ رنگارنگ روشنیاں اسٹیج پر پڑ رہی تھیں، اور رنگارنگ کیفیتیں تماشائیوں کے چہروں سے ہویدا تھیں۔ ہائے یہ مفلس خواہش۔ یہ فاقہ زدہ آرزوئیں۔ یہ بھیک منگے رنگ، یہ

فریب خور آسودگیاں کیا معلوم یہاں پر کون تماشا ہے اور کون تماشائی ہے۔۔۔!

میرے آگے بیٹھے ہوئے ایک ادھیڑ عمر کے انگریز نے اپنے ساتھی سے کہا۔

"وہ سب سے اچھی لڑکی ہے"

"وہ کون ؟"

"وہ میبل.... سب سے بیچ والی"۔

میبل جو مرکز میں تھی۔ واقعی سب سے حسین تھی۔ یونانی زہرہ کا سا جسم۔ گویا شفاف بلور میں ڈھلا ہوا ہر عضو متناسب۔ ہر ادا مصرعہ اٹھاتی ہوئی۔ بدلتی ہوئی روشنیوں کے ہالے میں کبھی تو اس کا جسم برف میں ڈھل جاتا۔ کبھی شعلے کی طرح لپک جاتا۔ اس کے اِردگرد کی سب لڑکیاں ننگی تھیں۔ اور اپنی اپنی جگہ رو کی ہوئی تھیں۔ صرف مرکز میں میبل ڈانس کر رہی تھی اور اُس نے اپنی بانہوں میں شتر مرغ کے پر کے دو بڑے بڑے پنکھے اُٹھا رکھے تھے۔ جن سے وہ اپنے آگے پیچھے ستر پوشی کا کام لیتی تھی ڈانس کی دُھن لمحہ لمحہ تیز ہوتی جا رہی تھی۔ اور تماشائیوں کا اشتیاق اُسے مکمل طور پر ننگا دیکھنے کیلئے بڑھتا جا رہا تھا۔

"واقعی وہ بہت خوبصورت ہے۔" ادھیڑ عمر کے انگریز کے ساتھی نے اُس سے کہا ۔"مگر تم میبل کو کیسے جانتے ہو؟"

وہ ادھیڑ عمر کا انگریز بڑے فخریہ لہجہ میں بولا۔ "یہ لڑکی ہمارے علاقہ میں رہتی ہے کلے برن اسٹریٹ میں۔ بیشک وہ سب سے اچھی لڑکی ہے لندن فالیز میں۔"

"شش! چپ رہو۔" قریب سے ایک ملاح گھونسہ دکھا کر بولا۔ ادھیڑ عمر کا انگریز سہم کر چپ ہو گیا۔

اتنے میں اندھیرے میں لڑکھڑاتا ہوا، ٹھوکریں کھاتا ہوا ایک بہت ہی بڈھا انگریز داخل ہوا اور ٹٹول ٹٹول کر اُس طرف بڑھنے لگا، جہاں میرے ساتھ کی ایک سیٹ خالی تھی میں نے اُٹھ کر اُس کا ہاتھ پکڑا۔ اور اُسے اپنے ساتھ کی سیٹ پر بٹھالیا۔ وہ بڈھا ہانپ رہا تھا اور اُس کی آواز کانپ رہی تھی۔

"میرے بیٹے۔ میرے بیٹے!" بڈھا مینڈک کی سی پھٹی ہوئی آواز میں بولا۔

"میں میبل سے بات کرنا چاہتا ہوں۔ کیا میبل اسٹیج پر ہے؟"

"کیا تم اُسے نہیں دیکھ سکتے بزرگوار؟" میں نے اُس سے پوچھا۔

"نہیں بیٹے میں اندھا ہوں۔" وہ آہستہ سے بولا۔

"تو پھر تم یہ تماشا کیوں دیکھنے آئے ہو؟"

"میں کوئی تماشا نہیں دیکھنے آیا بیٹے! میں میبل کا دادا میبل کو یہ بتانے آیا ہوں کہ وِلی مرچکا ہے۔"

"وِلی کون ہے؟" میں نے پوچھا۔

"میبل کا بیٹا ہے۔ چار سال کا۔ کئی دن سے وہ نمونیا سے بیمار تھا۔ میبل کو چھٹی نہیں ملی۔ وہ کہتی تھی اگر میں چھٹی لے لوں گی تو ملازمت سے برطرف کر دی جاؤں گی۔ اور گھر کو میبل ہی چلاتی ہے۔ اُس کا باپ مرچکا ہے اور شوہر بھی اور ماں ادھر رنگ سے لیٹی پڑی ہے پلنگ پر برسوں سے۔ اور میں پچاسی برس کا اندھا ہوں۔۔۔ میرے بیٹے... میں میبل کو بتانا چاہتا ہوں کہ وہ ناچ بند کر دے اور گھر جائے۔ جہاں اُس کے بیٹے ولی کی لاش رکھی ہے۔ میں مینیجر کے پاس گیا تھا۔ مگر اُس نے مجھے میبل سے ملنے نہیں دیا..."

"شش! آس پاس کے بہت سے لوگ چلائے۔ وہ یقیناً برافروختہ تھے۔ کیونکہ اِس وقت ناچ اُس مقام پر پہنچ رہا تھا جہاں چند لمحوں کے لئے میبل اپنی بانہوں میں اُٹھائے ہوئے شتر مرغ کے دونوں پنکھے پھینک دے گی اور بالکل عریاں ہو جائے گی۔

"میبل!" بڈھا اپنی سیٹ پر بیٹھا ہوا غرایا۔

"چُپ رہو۔!" اُس کے پیچھے بیٹھے ہوئے ایک آدمی نے دھمکی آمیز لہجہ میں اُس سے کہا۔

بڈھے کو غصہ آگیا۔ وہ اپنی سیٹ سے اُٹھ کر کھڑا ہو گیا اور دونوں ہاتھ پھیلا کر کہنے لگا۔ "میبل!.. میبل!... وِلی مر گیا ہے... وِلی مرچکا ہے... Willie is dead...

یکایک اسٹیج پر ناچتی ہوئی لڑکی نے اختتامیہ موسیقی کے درمیان شتر مرغ کے

دونوں پنکھے چھوڑ دئے۔۔۔اور۔۔۔ ننگی ہو گئی۔ پھر پُر شور تالیوں کے درمیان اسٹیج پر اندھیرا چھا گیا۔

پھر اُس گہرے اندھیرے اور سنّاٹے کے وقفے میں اسٹیج پر ایک عورت کے رونے کی دبی دبی سسکیاں سُنائی دینے لگیں۔ پھر ایسا محسوس ہوا جیسے ایک سے زیادہ عورتیں اُس اسٹیج پر رو رہی ہیں۔ پھر جیسے سارے لندن کی عورتیں رو رہی ہیں۔

جس وقت میں اُس گھُٹی گھُٹی سیلی ہوئی تاریکی میں اُس پچاسی برس کے بوڑھے انگریز کو سہارا دے کر ہال کے باہر لے جا رہا تھا، مجھے ایسا لگا جیسے یہ انگریزی ادیبوں کا لندن نہیں ہے۔ لاہور ہے۔۔۔ دِلّی ہے۔۔۔ بمبئی ہے۔۔۔ اپنی ہی طرف کا کوئی شہر ہے یا گاؤں ہے جہاں دُکھ اور درد کے مارے مجبور انسان رہتے ہیں۔

اُس دن سے لندن میرے لئے اجنبی نہیں رہا۔ اُس دن سے میں لندن سے پیار کرتا ہوں۔

15

لندن کی دوسری شام

لندن کی ٹیٹ گیلری میں تصاویر اور اصنام کا وہ خزانہ تو نہیں ہے جو لینن گراڈ کے آرمی تاج (Hermitage) محل میں یا پیرس کے لودو میں ہے لیکن اپنی جگہ پر لندن کی ٹیٹ گیلری بہت عمدہ ہے۔ اور یہ گیلری اپنے اندر مصوری اور مجسمہ سازی کے نادر نمونے اور ہیرے جواہرات سے بھی بیش قیمت خزینے رکھتی ہے۔۔۔ بڑی دیر تک روداں کے مجسمے دیکھتا رہا۔ جن کی زمانے بھر میں دھوم ہے اور جن کی روز افزوں مقبولیت کو محسوس کر کے روداں کو اپنے مجسموں سے حسد پیدا کر دیا تھا۔ کیا خالق کو بھی اپنی تخلیق سے حسد پیدا ہو سکتا ہے؟... ممکن تو ہے... اس لئے کہ تخلیق کر دینے کے بعد تخلیق کی ہستی خالق سے الگ ہو جاتی ہے۔ اِسی لئے میں سمجھتا ہوں کہ فطرت نے انسان کو آزاد پیدا کیا ہے۔۔۔ آزاد بھی اور خلاق بھی۔۔۔ ورنہ روداں کے یہ مجسمے کیسے ظہور میں آئے؟ جن کا جواب فطرت میں کہیں نہیں ملتا۔ جو فطرت پر اضافہ ہیں اور بالکل دوسری طرح کی ہی فطرت کو ظاہر کرتے ہیں۔ جو اگر انسان نہ ہوتا تو کسی طرح ظہور میں نہیں آسکتی تھی۔

روداں کے مجسمے دیکھ کر عظمتِ آدم کا قائل ہونا پڑتا ہے۔ ٹیٹ گیلری میں ایک دیوار کے سامنے لمبا کیو (Queue) لگا ہوا تھا دیوار پر ایک چھوٹی سی تصویر آویزاں تھی۔ جو اتنی دور سے نظر نہیں آتی تھی۔ ایک تصویر کو دیکھنے کے لئے اتنا لمبا کیو میں نے دُنیا میں کہیں نہیں دیکھا۔ میں بھی کیو میں شامل ہو گیا۔ لمبا ہونے کے باوجود یہ کیو

۱۶

انتہائی صابر لوگوں کا کیو تھا۔ یہ لوگ اِس تصویر کو دو منٹ، تین منٹ، کوئی پانچ منٹ، کوئی سات منٹ آٹھ منٹ تک بھی کھڑے ہو کر دیکھتا تھا۔ مگر اس عرصے میں کیو کے تمام افراد انتہائی خاموشی سے کھڑے رہتے تھے۔ اور اپنی باری کا انتظار کرتے تھے۔

دان گو کی تصویر تھی۔ "کرسی"۔۔۔ مشہور عالم تصویر! میں نے مغربی آرٹ کے مختلف کتابی البموں میں یہ تصویر دیکھی ہے۔ مگر اصل اور نقل کا فرق آج ہی معلوم ہوا ...یوں تو کچھ نہیں تھا اِس تصویر میں۔۔۔ سیٹ متواتر بیٹھنے سے پچک گئی تھی۔ کوئی بیش قیمت کرسی نہیں تھی۔ معمولی لکڑی کی نہایت ہی معمولی کرسی تھی، ایک عجیب زاویے سے زمین پر ٹکی تھی۔ ایسا معلوم ہوتا تھا۔ جیسے ابھی ابھی کوئی اِس کرسی سے اُٹھ کر گیا ہے۔ سیٹ ابھی تک گرم ہو گی۔ صرف اتنا ہی نہیں محسوس ہوتا تھا کہ کوئی ابھی اِس کرسی سے اُٹھ کر گیا ہے۔ بلکہ کچھ کچھ جانے والے کے کردار، اُس کی شکل و صورت کا بھی اندازہ ہوتا تھا۔۔۔ عجیب طریقے سے یہ کرسی جانے والے کے کردار اور اُس کے خدوخال کی سمت ہمارا ذہن دوڑا دیتی تھی۔ ایک بڈھا سا آدمی تھا۔ پائپ پیتا تھا۔ گٹھیا کا مریض تھا۔ چلتا تھا تو اُس کے گھٹنے آپس میں ٹکرا جاتے تھے۔ رعشہ زدہ ہاتھوں سے وہ جلتی ہوئی ماچس کو اپنے پائپ پر رکھ رہا تھا۔ وہ اِس تصویر میں نہ تھا۔ مگر میں اُسے اس کرسی سے اُٹھ کر جاتے ہوئے دیکھ رہا تھا۔ اُس کی چمکتی ہوئی آنکھوں میں پچھتر سالہ زندگی کا سارا درد اور کرب پنہاں تھا۔۔۔ کتنا کچھ یہ ایک چھوٹی سی کرسی بتاتی ہے۔ کیسی خیال انگیز جادو کی کرسی دان گو نے بنائی ہے محض ایک تصویر ہے۔ مگر اپنے بطن میں ٹیٹ گیلری سے وسیع تر ایک تصویر خانہ سجائے ہوئے ہے۔ یہ کرسی کسی کو کچھ دکھاتی ہے، کسی کو کچھ کسی کو اپنے بوڑھے باپ کی تصویر دکھاتی ہے کسی کو اپنے دادا کی۔ کوئی اپنی مرحوم نانی کو تصوّر کر لیتا ہے۔ اِس تصویر کے سامنے منٹوں نہیں گھنٹوں کھڑا رہا جا سکتا ہے۔ مگر کیو لمبا ہے۔ مجھے بھی اِس بڈھے کی طرح اُس کرسی پر ایک نگاہ ڈال کر چل دینا چاہیے۔

میں آگے بڑھ گیا۔

۱۷

"کیا ہے جی اِس تصویر میں ؟ایک کرسی ہی تو ہے۔۔۔!" میرے پیچھے سے آواز آئی۔ میں نے مُڑ کر دیکھا۔۔۔ ایک دُبلا پتلا ہندوستانی سر پر فیروزی رنگ کی پگڑی باندھے کوٹ پتلون میں کھڑا تھا۔ اور آزردہ نگاہوں سے کبھی میری طرف کبھی اُس تصویر کو دیکھ لیتا تھا۔

میں نے اُسے اپنے پاس اشارے سے بُلایا اور اُسے لے کر برآمدے میں باہر چلا گیا باہر جا کر میں نے پوچھا۔۔۔ "نہیں پسند آئی"

وہ بولا۔ "ہے کیا اِس میں جی؟ کھالی ایک کرسی تو ہے۔ کھٹی ٹوٹی کرسی! بے بھول میں کیو میں کھڑا ہو گیا۔"

اُس کے کپڑے کوئی قیمتی نہ تھے۔ بلکہ بہت معمولی کہنا چاہئے بات چیت سے بھی ذرا اکھڑ اور گنوار معلوم ہوتا تھا۔ میں نے اُس سے پوچھا۔

"تو آپ ٹیٹ گیلری میں کیوں آئے؟"

"ٹاٹ گیلری؟" اُس نے مجھ سے پوچھا۔

"ہاں"

"ہوا ایسا جی کہ میں اِدھر سے گزر رہا تھا کہ بلڈنگ کو دیکھ کے میں نے ایک گورے سے پوچھا۔ "واٹ از دِس؟" وہ بولا۔ "ٹاٹ گیلری!" میں نے سمجھا۔ کوئی ٹاٹ کی دوکان ہے۔ مجھ کو اپنے گھر کے لئے جو برمنگھم میں ہے۔ آٹھ فٹ چوڑا اور بارہ فٹ لمبا ٹاٹ کا ایک ٹکڑا چاہئے۔ تو بادشاہو! میں چلا اندر ٹاٹ گیلری میں ٹاٹ خریدنے!"

اتنا کہہ کر وہ زور زور سے ہنسنے لگا۔ اور میرے ہاتھ پر ہاتھ مارنے لگا تو میں بھی اُس کے ساتھ ہنسی میں شامل ہو گیا۔ اور ہم دوست بن گئے۔ ہم لوگوں نے ایک دوکان سے پاپ کارن (Pop corn) مکئی کے بھُنے ہوئے دانے خریدے اور انہیں کھاتے ہوئے ٹریفلگر سکوئر آئے۔ اور باتیں کرتے کرتے ٹریفلگر سکوئر کے کبوتروں کو پاپ کارن ڈالنے لگے۔ بنتا سنگھ مجھ سے پوچھنے لگا۔ (یہی اس کا نام تھا)

"یہ انگریزی بھی بڑی بے وقوفوں کی زبان ہے۔ مکئی کو پاپ کارن بولتے ہیں۔

اجی اسمیں کیا پاپ ہے۔ اور کس کارن؟"
میں نے کہا۔۔۔"اس میں کوئی شبہ نہیں، بڑی بے وقوف قوم ہے۔"
"اجی بے وقوف نہ ہوتی تو ہم لدھیانے سے آ کے اِدھر اتنا پیسہ کیسے کماتے؟"
وہ لدھیانے کو بڑے مزے سے دو ٹکڑوں میں تقسیم کر کے لد دھیانہ کہتا تھا اور جب وہ لدھیانہ کو لد۔ دھیانہ کہتا تھا تو مجھے بڑا پیارا معلوم ہوتا تھا۔
"تم مہینے میں کتنا کما لیتے ہو؟"
"کبھی تیس پونڈ ہو جاتا ہے جی کبھی چالیس پونڈ، کبھی پچاس پونڈ۔ بڑی تگڑی کمائی ہے اس دیس میں!۔"
"کیا کام کرتے ہو؟"
"جوتش لگاتے ہیں۔"
"جوتش؟" میں نے حیران ہو کر پوچھا۔
"اس میں حیرانی کی کیا بات ہے؟" وہ میرا حیرت زدہ چہرہ دیکھ کر مسکراتے ہوئے اور اپنی مونچھوں کو بل دیتے ہوئے بولا۔"یہ انگریج لوگ اوپر سے کچھ بھی بولیں، اندر سے جوتش بدیا پر پورا بھروسہ رکھتے ہیں کھاس طور پر اُن کی جنانیاں (عورتیں) تو بہت بھروسہ کرتی ہیں۔"
"تم نے جوتش بدیا کہاں سیکھی؟"
"کہیں نہیں!" بنتا سینگھ کی آنکھیں شوخی اور شرارت سے چمکنے لگیں۔"سیکھی ہی نہیں"
"تو پھر؟"
"بس ایسے ہی انکل سے کام چلاتے ہیں۔" اُس کے بعد اُس نے اپنے دونوں ہاتھ اپنی جیب میں ڈال لئے اور میری طرف کڑی نظروں سے دیکھ کر کہنے لگا۔
"سر، میڈم بلڈی بیسٹ اسٹرالوجر۔ پاسٹ پریزنیٹ آل فیوچر ٹولڈ ہینڈز اَپ۔"
(Sir Madam Bloody Best Astrologer Past Present all Future told.Hands Up.)

"یہ ہینڈز اپ کیسے بھائی"؟ مجھے پوچھنا ہی پڑا۔

"مطلب یہ ہے کہ ہاتھ دکھاؤ۔" بنتا سنگھ نے مجھے سمجھایا۔

ہینڈز اپ کا یہ ترجمہ! میں ہنستے ہنستے دوہرا ہو گیا۔ بنتا سنگھ اپنی کارگزاری پر بہت خوش ہوا اور میرے اصرار کرنے پر اس نے انتہائی سنجیدہ لہجہ میں پھر اسے دوہرایا۔

"سار میڈم بلڈی بیسٹ اسٹر ولوجر۔ پاسٹ پریزینٹ آل فیوچر تولڈ ہینڈز اپ۔"

میں نے پوچھا۔ "اس کے بعد وہ تمہیں ہاتھ دیکھنے دیتے ہیں؟"

"کوئی کوئی گورا صاحب مان جاتا ہے اور ہاتھ دکھا دیتا ہے۔ اکثر گورا صاحب دھکا دیکر نکال دیتا ہے میم صاحب اکیلا مل جائے تو جرور ہاتھ دکھاتا ہے۔ اوپر سے ایک دو پونڈ بھی دے دیتا ہے۔ مگر برمنگھم شہر کا لوگ اپنے لدھیانہ کی طرح بہت چالاک ہوتا ہے۔ اس لئے ہم گاؤں میں جاتا ہے۔ ایک دفعہ بہت عجیب اکسی ڈنٹ ہوا جی! وہ کہتے کہتے رک گیا۔

"کیا؟"

"ہم پیدل جا رہا تھا کشتواڑ کو برمنگھم سے۔"

"کشتواڑ؟" میں نے ٹوک کر پوچھا۔ "کشتواڑ تو جموں کے قریب ہے۔"

"جی نہیں کشٹر فارٹ۔" بنتا سنگھ نے معاملے کو صاف کرنے کی کوشش کی۔

کافی دیر کی بحثا بحثی سے معلوم ہوا کہ اس کا اشارہ کاسٹر فورڈ کی طرف تھا۔

"ہاں تو پھر کیا ہوا!" میں نے پوچھا۔

"پانچ مائل کے بعد کھیتوں میں پہنچ گیا۔ سامنے سڑک پر ایک گھوڑا گڈی آ رہی تھی۔ جس کو ایک انگریج جٹ چلا رہا تھا۔ جب وہ میرے قریب آنے لگا۔ تو میں نے ہاتھ کے اِسارے سے گھوڑا گڈی کو روک کے اُس جاٹ سے کہا۔ "سار میڈم بلڈی بیسٹ اسٹرالوجر پاسٹ پریزینٹ آل فیوچر ٹولڈ ہینڈز اَپ۔" ہینڈز اپ سنتے ہی اُس نے اپنی جیب سے اپنا بٹوہ نکال کے میری طرف پھینک دیا۔ اور خود گھوڑا گڈی چلا کے جلدی سے بھاگ گیا۔"

"ایسا کیوں ہوا جی؟" بنتا سنگھ نے مجھ سے پوچھا۔

"ہینڈز اَپ آپ اُس وقت کہتے ہیں جب آپ کے ہاتھ میں یا جیب میں ریوالور ہو۔"

میں نے اُسے سمجھایا۔ اور پھر پوچھا۔ "تو پھر کیا تم نے وہ بٹوہ رکھ لیا؟"

"نہیں جی۔ میں نے کشتواڑ پہنچ کر بٹوہ گورے صاحب کی گھر والی کو دے دیا۔ ہم بلڈی بیسٹ اسڑالوجر ہے۔ کوئی چور نہیں ہے۔"

مجھے سیدھے سادے بنتا سنگھ پر بہت رشک آیا۔ میں نے پھر پوچھا۔ "پھر کیا ہوا؟"

وہ بولا۔ "میڈم نے ہم کو ہاتھ دکھایا۔ بوہت خوش ہوئی۔ پانچ پونڈ انعام میں دیا۔"

وہ کبوتروں کو دانہ ڈالنے لگا۔ دو مہکتی ہوئی لڑکیاں ہمارے قریب سے گزر گئیں لیونڈر کے پھولوں کی طرح کھلی ہوئی۔ میں انہیں دور تک جاتے ہوئے دیکھتا رہا

"تمہاری گھر والی کہاں ہے؟" میں نے اُس سے پوچھا۔

"اندر کور۔؟ اندر کور تو لُدھیانے میں ہے۔" اُس نے ایسی لگاوٹ سے کہا۔ جیسے اندر کور میری بھی کوئی رشتہ دار ہے۔

"تو گھر گئے ہوئے کتنا عرصہ ہو گیا؟"

"چار سال سے جیادہ ٹیم ہو گیا۔ جب سے آیا نہیں گیا۔ وہ کسی قدر اُداسی سے بولا۔

"پھر کیا کرتے ہو" میں نے پوچھا۔

وہ بولا۔ کچھ نہیں جی۔ بس ایسے ہی ڈارلنگ پھارلنگ سے کام چلاتے ہیں"

میں نے اُس کی طرف دیکھا۔ پھر ہم دونوں ہاتھ پر ہاتھ مار کر زور زور سے ہنسنے لگے۔ اُس کا ڈارلنگ پھارلنگ مجھے بہت پسند آیا۔ کیونکہ آجکل کی محبت ایسی ہی تھی۔ ڈارلنگ پھارلنگ۔ عاشق فاشق، شادی وادی۔ بلکہ شادی کم اور وادی زیادہ۔ عاشق کم اور فاشق زیادہ۔ ڈارلنگ کم پھارلنگ زیادہ عجیب زندگی ہوتی جارہی ہے۔

وہ میری طرف جھک کر انتہائی رازداری میں کہنے لگا۔ "سچی بات تو یہ ہے کہ اپنا دھندا ایڈھی عورتوں اور ادھیڑ عورتوں پر چلتا ہے۔ ہم تو گھروں میں اُسی وقت جاتے

ہیں، جب گورا صاحب گھر پر نہیں ہوتا۔ تب میم صاحب بہت کُسی سے ہاتھ دکھاتا ہے۔اور۔۔۔اور۔۔۔" وہ میری طرف دیکھ کر آنکھ مارتے ہوئے بولا۔اور پیسہ بھی اچھا دیتا ہے۔"

"کیا اُدھر لدھیانے میں تم یہیں کام کرتے تھے؟"

"جی نہیں۔ ہم تو جاٹ ہے کھیتی باڑی کرتا ہے۔ مگر ایسا ہے جی کہ دو لڑکیوں کی شادی میں بہت پیسہ نکل گیا۔ اُدھر میرے بیٹے سرب جیت کو ڈاکٹری پڑھنے کا بہت شوق تھا۔اُس کو ڈاکٹری میں ڈالا۔ مگر ڈاکٹری کا کھرچہ بہت ہے۔ اس لئے ہم لندن آگیا۔اور یہ دھندا کرنے لگا۔ ہم جیادہ کر کے باہر گھومتا ہے۔ صرف کرسمس کے دنوں میں لندن آتا ہے۔اور جو پیسہ کماتا ہے، گھر بھیج دیتا ہے۔ایک سال بعد سرب جیت ڈاکٹری پاس کر جائے گا۔ واہ گرُو کی کرپا سے۔ پھر ہم واپس چلا جائے گا اپنے وطن کو۔ یہاں دل نہیں لگتا ہے۔"

یکایک وہ چُپ ہو گیا۔اُس کی تھیلی سے پاپ کارن کے سارے دانے نکل کر نیچے کبوتروں میں جا پڑے پھر بھی وہ خالی تھیلی ہاتھ میں لئے لئے کہیں دور پہنچ گیا۔ جہاں سرسوں کے پیلے پیلے کھیتوں میں اُس کی اندر کور کھڑی اُسے بُلا رہی تھی۔ وہ اپنی ٹیٹ گیلری میں مستغرق تھا۔اور روداں سے بھی خوبصورت مجسّمے اُس کی نگاہوں میں تھے۔ ہر انسان اپنے خیال کا مصوّر ہے۔اپنے تصوّر کا صنم گر۔۔۔ سُنا ہے کبھی پرومتھیس (Prometheus) نے دیوتاؤں کی آگ چرائی تھی۔ اس کی پاداش میں اُسے زنجیر سے باندھ دیا گیا تھا۔اور ہر روز اُسے گِدھ نوچ کر کھاتا تھا۔ بنتا سنگھ بھی چار سال سے ایک زنجیر سے بندھا ہوا ہے۔ وہ بھی انگلستان میں آگ چُرانے آیا ہے۔ جہاں بُڈھی انگریز عورتیں ہر روز اُس کا گوشت نوچ نوچ کر کھاتی ہیں۔

سر جھکائے وہ نیچے کبوتروں کو دیکھ رہا ہے۔ شاید وہ اس وقت اپنے گھر کی دہلیز پر پہنچ گیا ہے۔۔۔اِس لئے اس وقت میں نے وہاں سے ٹل جانا ہی مناسب سمجھا۔ چلتے چلتے میں نے اُسے الوداع کہی۔ مگر میرا خیال ہے۔اُس نے میرا اسلام بھی نہیں سُنا۔ ورنہ

پلٹ کر ضرور دیکھتا۔ میں خاموشی سے وہاں سے چلا آیا۔ اور وہ وہیں کبوتروں پر جھکا جھکا کچھ سوچتا رہا۔

چند دنوں کے بعد ریجنٹ میں ایک اطالوی فلم دیکھنے گیا۔ "دی کوٹ" بہت عمدہ اطالوی فلم تھی۔ نئی حقیقت نگاری کی طرز پر تو نہ تھی۔ ہاں اس کا پیش خیمہ ضرور تھی پکچر دیکھ کر جو باہر نکلا تو دوسرے شو کا کیو باہر کھڑا تھا۔ اِس وقت زور کا جھکڑ چل رہا تھا۔

گو برف گر کے تھم گئی تھی۔ مگر ابھی سامنے سے ہٹائی نہ گئی تھی۔ اِس برف پر دو انگریز بھکاری اپنی قمیض، کوٹ، پتلون اُتار کر صرف ایک چڈی پہنے ہوئے ایک دوسرے کے اوپر سرکس کے جوکروں کی طرح چھلانگیں مار رہے تھے اور پیسے مانگ رہے تھے۔

کیو کے دوسری طرف بنتا سنگھ آہستہ آہستہ چلتے ہوئے کیو کے ساتھ ساتھ بڑے کڑوے لہجہ میں کہہ رہا تھا۔

"سار میڈم بلڈی بیسٹ اسڑالوجر۔ پاسٹ پریزینٹ آل فیوچرز ٹولڈ۔۔۔ ہینڈز اَپ۔"

۲۳

لندن کی تیسری شام

ھائیڈ پارک میں ایک میلا سا انگریز نیلا ٹوئیڈ سوٹ پہنے لکڑی کے ایک میلے سے کھوکھے پر کھڑا ہو کر چلا رہا تھا۔

"پانچ پینی میں جنت لے لو۔
صرف پانچ پینی میں جنت۔"

اُس کے ہاتھ میں بہت سے چار ورقی پمفلٹ۔ جن کی قیمت پانچ پینی تھی۔ اِس پمفلٹ میں جنت حاصل کرنے کے بہت سے آسان اور مجرّب نسخے درج تھے۔ جن کے سریع التاثیر ہونے کے ثبوت میں انجیل مقدس سے جگہ جگہ حوالے دئے گئے تھے۔

ایک پمفلٹ میں نے لیا اور دوسرا ایک عورت نے۔ جسے شاید زکام تھا اور جو شاید اپنا رومال گھر بھول آئی تھی۔ اتنا کہہ کر میں نے قادر یار کی طرف دیکھا۔

میری بات سُن کر قادر یار بولا۔

"تمہارے ایسے انسان سنگسار کئے جانے قابل ہیں۔۔۔ اچھا بتاؤ ہائیڈ پارک میں اور کیا کیا دیکھا؟"

"واہ ہائڈ پارک میں ایک انگریز احمقہ سے میری لڑائی ہو گئی۔"

قادر یار نے پوچھا۔۔۔ "یہ احمقہ کیا بلا ہے؟"

میں نے کہا۔۔۔ "یہ احمق کی تانیث ہے۔۔۔ وہ عورت تھی نا!"

قادر یار نے میری طرف کڑی نظروں سے دیکھ کے کہا۔۔۔ "اچھا! اب آپ کو

ہماری زبان میں اتنا دخل ہو گیا۔ کہ تذکیر و تانیث کے معاملہ میں بھی بولنے لگے۔"

میں نے کہا۔ "تم نے چلتے وقت کبھی یہ سوچا تھا کہ زبان کا کیا ہو گا؟"

وہ بولا۔۔۔ "وہ تو جب ہم تمہارے ہاں سے چلے تھے تو اپنی زبان کو رو آئے تھے۔"

"تو اب اعتراض کیوں کرتے ہو؟۔۔۔ اب آرام سے سنو اُس انگریز احمقی سے میری لڑائی کا حال۔!

"پہلے احمقہ، اب احمقی"۔۔۔ قادر یار نے دونوں ہاتھ اوپر اُٹھا کر کہا۔۔۔ یا اللہ! اب اس زبان کا کیا ہو گا؟"

میں نے کہا۔۔۔ "ارے وہی ہو گا جو ہم چاہیں گے۔ تم بیچ میں بولنے والے کون ہوتے ہو؟"

"یہ بھی ٹھیک ہے" قادر یار نے دانت پیس کر لیکن سر جھکا کر کہا۔ "فرمایئے!"

میں نے کہا۔ "بڑی دبنگ عورت تھی۔ اُس کے جبڑے گھوڑا مار کہ تھے۔ اور اُس کی آواز نیچے سروں میں ایک پُرانے ٹین کے ڈبے اور اونچے سُروں میں ایک گیدڑ کی آواز سے مشابہ تھی۔ اُس نے ایک ہاتھ میں گتّے کا بنا ہوا۔ ایٹم بم اُٹھا رکھا تھا اور دوسرے ہاتھ میں ایک بہت بڑا اماپ کارڈ جس پر جلی حروف میں لکھا تھا۔

"مجھے ایٹم بم چاہیے۔!"

"کیوں چاہیے؟" ایک صاحب نے اُس عورت سے پوچھا۔

"کیوں کہ میں اِس دُنیا کو تباہ کر دینا چاہتی ہوں" وہ انگریز عورت شدید خفگی کے لہجہ میں بولی۔

"کیوں تباہ کرنا چاہتی ہو۔؟" دوسرے نے پوچھا۔

کیوں کہ مجھے انسان اور اس کی غلط تہذیب سے نفرت ہے

"مگر اب تو انسان نے خاصی ترقی کر لی ہے۔" ایک اور صاحب بولے۔

"کیونکہ معاملہ دلچسپ تھا اور اُس انگریز عورت کے گرد بھیڑ بڑھتی جا رہی تھی۔"

اب تو لندن کے غریب علاقوں یعنی ایسٹ اینڈ کے مزدور پیشہ لوگ بھی اپنے گھروں میں ٹیلی ویژن سیٹ رکھنے لگے ہیں۔"

"مجھے ٹیلی ویژن سے نفرت ہے۔"

"میڈم ----" ایک انگریز جو اپنے آپ کو بہت چالاک سمجھتا تھا بڑے پُر وقار آکسفورڈی لہجہ میں بولا۔ "کیا آپ یہ چاہتی ہیں کہ یہ خوبصورت بچّوں اور حسین عورتوں سے بھری ہوئی دُنیا ایٹم بم سے تباہ ہو جائے؟"

"مجھے بچّوں سے نفرت ہے۔" وہ انگریز عورت تیز لہجہ میں بولنے لگی۔ "یہ بچّے انسانوں کی دُنیا میں غریبی، بھوک اور شور مچانے کے سوا اور کیا کام کرتے ہیں۔ ان سب کو جان سے مار دینا چاہئے۔"

وہ انگریز دھک سے رہ گیا۔ مگر آدمی شریف تھا۔ آگے کچھ نہیں بولا۔ اپنا فلیٹ ہیٹ ذرا سا آگے کو جھکا کے چلا گیا۔

اب میں نے سوال کیا۔

"اِس کام کے لئے آپ کو کتنے ایٹم بم چاہئیں؟"

وہ بولی --- "صرف ایک! --- مگر اتنا بڑا کہ جسے میں اِس دُنیا پر گراؤں تو ساری دُنیا ایک ہی ہلّے میں تباہ ہو جائے۔"

"میں نے کہا۔ "آپ کو تو صرف ایک ایٹم بم چاہئے۔ مجھے تین چاہئیں۔"

"تین کیوں؟" اُس انگریز عورت نے میری طرف حیرت سے دیکھ کر پوچھا۔"

میں نے کہا۔ "ایک تو دُنیا کو ختم کرنے کے لئے اور دو آپ کو ختم کرنے کے لئے کیوں کہ آپ جیسی عورت ایک ایٹم بم سے ختم نہیں ہو سکتی۔"

اِس پر وہ گتے کا پلا کارڈ اور ایٹم بم سب چھوڑ کر مجھے مارنے کو دوڑی۔ میں وہاں سے سرپٹ بھاگا۔ خوش قسمتی سے مجھے فوراً ہی ادھر آنے والی ایک بس مل گئی۔

میں اور میرا دوست قادر یار گرے باؤنڈ روڈ کے ایک یونانی ریستورنٹ میں بیٹھے ہوئے تھے۔ یہ ایک مختصر سا ریستوداں تھا۔ گھریلو اور گندہ۔ پانچ ٹیبل تھے جن پر کل ملا

کے سات آدمی بیٹھے ہوئے تھے۔ میرا قصہ سُن کے قادریار زور سے ہنسا تو ہمارے دائیں بازو کے ٹیبل پر زور سے مُکاّمار کر ایک آدمی ہماری طرف گھور کر دیکھنے لگا۔ اُسے دیکھ کر قادریار نے فوراً اپنا قہقہہ ختم کر دیا۔

میں نے آہستہ سے پوچھا۔ "یہ کون ہے؟"

وہ میری طرف جھک کر سرگوشی میں بولا۔ "یہ کیکوکیکلیاکیکیارڈ ہے۔"

میں جھوٹ نہیں بولتا کچھ ایسا ہی نام بتایا تھا اُس نے۔۔۔ یہ بھی بتایا کہ یہ قوی الجثہ آدمی ایک یونانی سمگلر ہے۔ جو عرب ملکوں کو عورتیں سمگل کرتا ہے۔"

"عورتیں؟"

"ہاں!"

"مگر عورتیں کیوں؟"

"جب سے عرب ملکوں میں تیل دریافت ہوا ہے عرب شیوخ کے ہاں یورپی عورتوں کی کھپت بڑھ گئی ہے۔۔۔ ہر سال سینکڑوں سمگل کی جاتی ہیں۔ بڑا عمدہ دھندا ہے۔

"کیا اسی لئے تم یہاں آتے ہو؟"

"نہیں۔۔۔" اِس رستوراں کا مالک ایک بہت عمدہ یونانی شراب تیار کرتا ہے۔ کلکارکریٹ... (کچھ ایسا ہی نام بتایا تھا اُس نے) بے حد سستی ہے مگر کیا زناّٹے کی شراب ہے۔ ابھی منگاتا ہوں اِس کے ساتھ یہاں ایک خاص قسم کی روٹی ملتی ہے۔ جسے تیار کرنے کے بعد گرم گرم مکھن میں فرائی کیا جاتا ہے۔ کچھ کچھ ہمارے پراٹھے سے ملتی جلتی ہے۔۔۔ اِس روٹی کیساتھ یہاں ایک سوپ ملتا ہے روسی بورش سے ملتا جلتا ہے۔ مگر ایشیائی مصالحے ہوتے ہیں اس لئے مزے میں بورش سے بہتر ہے۔ مگر میں ذرا من موہن کا انتظار کر رہا ہوں۔"

"من موہن کون ہے؟"

"ایک عجیب کردار ہے۔ لندن میں پی ایچ ڈی کرنے آیا تھا۔ پھر یہیں رہ گیا۔"

۲۷

"کیا کرتا ہے؟"

"سوہو کے ایک ہوٹل میں پلیٹیں دھوتا ہے۔۔۔ مزے کا آدمی ہے۔ تم اُس سے مل کر۔۔۔لو وہ آگیا۔۔۔" قادر یار چلا کر بولا۔ "لمبی عمر ہوگی تمہاری من موہن! ہم تم کو یاد کر رہے تھے۔"

مجھے من موہن سنگھ کا چہرہ شرمیلا اور ذہین معلوم ہوا۔ ڈاڑھی بھی بڑی نرم اور کومل سی، بڑی بڑی سُرمگیں آنکھیں، لمبی لمبی پلکوں میں چھپی ہوئی۔ جب پلکیں اُٹھا کر دیکھتا تو عجیب بے خواب، گہری، سیاہ، جمی تھمی، کتنی بڑی ساکت سی نگاہیں اُس کی ہوتی تھیں۔۔۔

مُردہ سمندر کی سی آنکھیں جیسے شب و روز کے آنسوؤں کا۔۔۔ سارا نمک اُنھوں نے باہر گرانے کے بجائے اندر چوس لیا ہے۔۔۔ اُن آنکھوں میں دیکھنا بے حد تکلیف دہ تھا۔ اُس کے ساتھ ایک یونانی لڑکی تھی۔

"اِس کا نام کیکی یارٹ ماکائس ہے۔" من موہن سنگھ نے تعارف کراتے ہوئے کہا

(دیکھ ایسا ہی نام بتایا تھا اُس نے سمجھ میں نہیں آتا یونانیوں کو صرف "کاف" سے ایسی دلچسپی کیوں ہے۔۔۔ اُن کے ہاں کاف کے بغیر کوئی لفظ ہی نہیں ہوتا کیا؟)

"مگر اِس کا نام بہت لمبا ہے۔۔۔ اور کچھ گندہ سا بھی ہے۔ قادر یار ہنس کر بولا۔۔

"ہائے اگر ہماری زبان میں کسی کو "تیری ماکائس"۔ کہا جائے تو کشت و خون ہو جائے۔"

"اِسی لئے میں اِسے صرف "فش" (Fish) کہتا ہوں۔" من موہن سنگھ نے جملہ مکمل کیا۔

فش یعنی مچھلی۔۔۔ وہ لڑکی بھی مچھلی کی طرح بدبودار تھی۔ اوپر کے ہونٹ پر مونچھیں تھیں اور سکرٹ کے نیچے ٹانگوں پر بھورے بھورے بال تھے۔ دانت پیلے اور غیر متناسب تھے اور بال اُس کے سر پر بھڑ کے چھتے کی طرح پھیلے ہوئے تھے۔

رنگ سفیدی اور زردی کے بیچ کا۔ جیسے کسی ناصاف پلیٹ کا ہوتا ہے۔

قادر یار نے پوچھا۔ "کیا یہ ہماری بولی سمجھتی ہے؟"

"نہیں۔۔۔" من موہن نے اقبال کیا "مگر میں نے اِسے چند گالیاں سکھادی ہیں اور اب یہ بلا خوف و خطر کہہ سکتی ہے کہ میں ایشیائی زبانوں کی ماہر ہوں۔"

"چند گالیوں کی بنا پر۔۔۔؟" میں نے پوچھا۔

"ہاں۔۔۔! گذشتہ چار سو سال میں ہم نے گالیوں کے سوا انسانی علوم میں اور کیا اضافہ کیا ہے۔؟ باقی سب کچھ تو یورپ کا ہے۔" من موہن نے اپنی لڑکی سے کہا۔

"اے فِش! بیٹھ جا!"

"فِش کرسی گھسیٹ کر میرے اور من موہن کے بیچ بیٹھ گئی۔ اُس کے جسم سے ایسی بو آرہی تھی، جیسے کسی پُرانے برتن سے۔۔۔ من موہن میرے نتھنے کی پریشانی دیکھ کر ذرا سا ہنسا اور بولا۔۔۔ "یہ مہینے میں صرف ایک بار نہاتی ہے۔ کبھی تین تین مہینے نہیں نہاتی"

"کیوں۔۔۔؟" میں نے پوچھا۔

"عورت مجھے ایسی ہی پسند آتی ہے۔ جیسی خدا نے اِسے بنایا ہے۔"

میرے ذہن میں ایک سوال پیدا ہوا اور میں نے اُسے الگ سے ایک خانے میں رکھ دیا۔ "بعد میں پوچھوں گا۔"

پیتے پلاتے رہے۔ کچھ نقل چکھتے رہے کچھ ہنسی مذاق کرتے رہے۔ لڑکی اب پھیل کر بیٹھ گئی تھی اُس کی دونوں کہنیاں میز پر ٹکی تھیں۔ مذاق کرتے وقت وہ کبھی ایک کہنی مجھے مارتی تھی دوسری کہنی اپنے عاشق کو کبھی سامنے بیٹھے ہوئے قادر یار کو دیکھ کر اُس کی ناک پکڑ کر ذرا سا سہلا دیتی تھی۔ پیار میں، مگر وہ زیادہ گونگی سی بنی بیٹھی رہی۔ کیونکہ وہ ہماری زبان نہیں سمجھتی تھی۔ بس چپکے چپکے پیتی جاتی تھی اور باری باری ہم تینوں کو دیکھ کے ایک سمجھ دار ماں کی طرح مسکراتی جاتی تھی۔۔۔

"لندن میں تمہیں پلیٹیں دھونے سے بہتر کوئی نوکری نہیں ملتی۔؟" میں نے من موہن سے سوال کیا۔

"ملتی تو ہے مگر میں کرتا نہیں ہوں۔" وہ بولا۔

"کیوں۔۔۔؟"

" سبھی نوکریوں میں ایک طرح سے گندی پلیٹیں دھوئی جاتی ہیں۔ بی بی سی کا شاعر سنیما کا مسخرہ، دفتر کا کلرک، پارلمنٹ کا ممبر، غور کرو تو یہ سب لوگ جو ٹھن دھوتے ہیں ۔ تو میں سیدھا سیدھا وہی کام کیوں نہ کروں جسے دوسرے لوگ دوسرے نام دے کرتے ہیں۔"

میں نے قادریار کی طرف دیکھا۔۔۔ قادریار میری طرف دیکھ کے مسکرایا۔ جیسے کہہ رہا ہو۔ کیوں ؟ میں نہ کہتا تھا۔ اپنا من موہن سنگھ اپنی طرز کا ایک ہی کیرکٹر ہے لندن میں!

"تو تم کو لندن میں کوئی خوبصورت عورت نہیں ملتی ہے۔ اپنا دوست بنانے کے لئے ؟"

میں نے اُس سے دوسرا سوال کیا۔ ذرا اُسکی طرف جھک کر اور سرگوشی کے لہجہ میں۔!!

"ڈرنے کی ضرورت نہیں ہے۔" من موہن بولا۔ "میں تو کھلے عام سب کے سامنے اِس لڑکی کو بدصورت کہتا ہوں۔ اور بد صورتی تو گناہ نہیں ہے کوئی، بلکہ خوبصورتی ہے بھی!۔"

"وہ کیسے۔؟" میں نے پوچھا۔

"خوبصورتی دراصل بدصورتی کو چھپانے کی ناکام سی کوشش ہوتی ہے۔ تمام مفید اشیاء رنگ اور روغن کے بغیر اپنے ٹھوس باطن میں بدصورت ہوتی ہیں خوبصورت سے خوبصورت عورت کی خوبصورتی بھی ایک اِنچ کے ہزارویں حِصّہ تک گہری ہوتی ہے اُس کے اندر تو سبھی عورتیں ایک جیسی ہوتی ہیں۔ تمام رنگوں، نسلوں اور قوموں کے اندر بدصورتی کی قدر مشترک ہے اور وسیع پیمانے پر ہے۔"

"کیا کسی خوبصورت عورت کو دیکھ کر تمہارا دل کانپتا نہیں ہے ؟" میں نے پوچھا۔

۳۰

"کانپتا ہے۔ مگر بالکل کسی دوسری وجہ سے۔" وہ بولا۔ "میں سوچتا ہوں فطرت نے اِس عورت کو خوبصورت بنا کر مجھ سے کس قدر چالاکی کی ہے۔ اُس کو عمدہ رنگت، نرمی، ملائمت، لچک اور گولائیاں دے کر مجھے کس قدر بے وقوف بنانے کی کوشش کی ہے۔ مگر میں بے وقوف بننے کا نہیں ہوں۔ مجھے پندرہ سال ہو گئے ہیں لندن میں رہتے ہوئے۔ میں آج تک کسی عورت کے دام میں نہیں آیا۔ میں صرف بدصورت عورتوں سے پیار کرتا ہوں۔ وہ اپنے دل کے اندر جانتی ہیں کہ وہ بدصورت ہیں۔ اس لئے اپنی کمی کو دوسرے طریقوں سے پورا کرتی ہیں۔ ذرا سوچو تو ایک خوبصورت عورت کے پیچھے کس قدر بھاگنا پڑتا ہے۔ کس قدر خرچ کرنا پڑتا ہے۔ کیسی کیسی تلخ باتیں اس کی سہنا پڑتی ہیں۔ حالانکہ اپنی جلد کے اندر وہ عورت کسی طرح دوسری عورت سے مختلف نہیں ہوتی۔ بخلاف اس کے بدصورت عورت الٹا خوشامد کرتی ہے۔ ناز اُٹھاتی ہے۔ گالیاں، مار پیٹ سب سہہ کر بھی خدمت کرتی ہے۔ کسی خوبصورت عورت سے تو خدمت کرا کے دیکھو، دوسرے ہی دن کسی نئے عاشق کے ساتھ بھاگ جائے گی۔"

قادر یار ہنس کر بولا۔ "یہ تو تم ٹھیک کہتے ہو، ایک دفعہ۔۔۔" یکا یک وہ چپ ہو گیا۔ مگر اُس کی آنکھیں کسی ایسے واقعہ کو یاد کر کے چمک رہی تھیں جس میں ضرور کسی خوبصورت عورت کی بے وفائی کی داستان پنہاں تھی۔

"جب میں نیا نیا لندن آیا تھا۔ تو میرے دل میں شام کی شفق، مرد کی محنت، عورت کے حُسن کی بڑی وقعت تھی۔ مگر دھیرے دھیرے سب کچھ مٹ گیا۔ لندن ایک بہت بڑا ہے کارخانہ جس میں صرف گندی پلیٹیں دھوئی جاتی ہیں۔ یہاں حُسن کا کوئی مصرف نہیں۔ البتہ بدصورتی کا ہے۔ جتنی زیادہ بدصورتی استعمال کریں گے۔ اتنے زیادہ آپ کامیاب ہوں گے۔ کیونکہ جس پلڑے میں ہم کھڑے ہیں اُس کے اندر رکھی ہوئی ہر چیز بکی جا رہی ہے۔ ہم لوگ باٹ نہیں ہیں، بکاؤ ہیں۔"

کہتے کہتے یکا یک وہ رُک گیا۔ اُس کی مُردہ سمندر کی سیاہ آنکھوں میں ہلچل سی

پیدا ہوئی اور غائب ہو گئی۔ پھر اُس نے عجیب حرکت کی۔

اُس نے زور سے اپنی ہتھیلی پر تھوکا اور پھر ہتھیلی آگے بڑھا کر اپنی لڑکی سے کہنے لگا۔

"اِسے چاٹو۔"

میں نے سمجھا۔ اب وہ میز سے اُٹھ جائے گی۔ کیونکہ وہ خاصی مضبوط اور تگڑی لڑکی تھی اور اُٹھ کر من موہن کے گال پر زور کا ایک طمانچہ رسید کر دے گی۔

مگر ایسا کچھ نہیں ہوا۔ وہ صرف چند لمحوں کے لئے جھجکی اور پھر اُس نے من موہن کی ہتھیلی اپنے ہاتھ میں لے لی اور اُسے منہ تک لے جا کر چاٹنے لگی۔

میں بے اختیار اُٹھ کھڑا ہوا۔ اور کچھ کہے سُنے بغیر ہوٹل سے باہر جانے لگا مجھے اپنے پیچھے من موہن کی تلخ ہنسی سُنائی دی۔ وہ قادر یار سے کہہ رہا تھا۔

"تمہارا دوست نمبرون ایڈیٹ ہے۔ خفا ہو کے کیوں جا رہا ہے۔ اُس سے پوچھو۔ یہاں کون ہے اِس دُنیا میں جو تھوک کے نہیں چاٹتا۔؟ اور اپنا ہی نہیں دوسروں کا بھی! کون ہے جو ایسا نہیں کرتا۔؟ مجھے اُس کا نام بتا دو۔ پھر میں پلیٹیں دھونا بند کر دوں گا۔"

میں دروازہ کھول کر باہر آ گیا۔

باہر برف گر رہی تھی۔ مجھے ایسا لگا جیسے چاروں طرف چاندنی بکھر رہی ہو۔ اس نیلگوں سناٹے میں لندن کے درو دیوار، سڑکیں اور فٹ پاتھ بے حد خوبصورت نظر آنے لگے۔ میں نے اپنے کوٹ کے کالر اُٹھائے۔ کیسی سیمیں سی سردی ہے۔ نازک چھریری، تھرتھراتی ہوئی سردی۔ کسی خوبصورت لڑکی کی اُنگلیوں کی طرح میرے رُخساروں کو چھوتی جاتی ہے۔ برف میرے شانوں پر گر کر تحلیل ہو رہی تھی۔ چلتے چلتے میرے کوٹ کے شانوں پر برف کے پھول اکٹھے ہونے لگے۔ میں نے اُنگلی کی ایک خفیف سی حرکت سے اُنہیں اُڑا دیا۔ تھوڑی دیر کے بعد وہ پھر اُڑ کر کبوتروں کی طرح میرے شانے پر اکٹھا ہونے لگا۔

یکایک مجھے پارک لین کے ایک امیر گھر کے پورچ کے باہر ایک ستون سے لگی سنڈریلا کی طرح ایک پریشان حال اور اضطراب کے عالم میں ایک لڑکی نظر آئی جیسے وہ

کچھ ڈھونڈھ رہی تھی۔ جیسے وہ برف اور چاندی کو ملا کر بنائی گئی تھی۔ جیسے اُس کی آنکھوں میں بنفشے کے پھول کھلے ہوں۔ ایسی خوبصورت، مضطرب، کھلے کھلے ہونٹوں سے التجا کرنے والی وہ مجھے نظر آئی۔

میں ایک لمحہ کے لئے ٹھٹھک گیا۔

"کیا کچھ کھو گیا ہے؟"

"پانچ پونڈ!"

اُس کی آنکھوں میں آنسو تھے۔ اور ایک معصوم بے بس سی التجا۔ میں نے سوچا اِس لڑکی نے پانچ پونڈ کھو دئے ہیں اور اب اِس کو مل نہیں رہے ہیں اور برف گر رہی ہے اور رات گہری ہوتی جا رہی ہے۔ اور اِس حسین لڑکی کے لئے پانچ پونڈ کس قدر ضروری ہیں اگر اِسے پانچ پونڈ نہ ملے تو اِس کا شرابی باپ اِسے پیٹے گا یا اِس کی درزن ماں اِسے چھڑی سے مارے گی۔

میں نے جیب سے نکال کر پانچ پونڈ اُسے دیدئے۔ اُس نے لے لئے کچھ کہے سُنے بغیر۔ میں آگے بڑھ گیا۔

یکایک مجھے ایسا لگا جیسے وہ میرے پیچھے پیچھے آ رہی ہے۔ پھر وہ تیز تیز قدموں سے چلتی ہوئی میرے ساتھ آ گئی۔ اور میری بانہہ میں اپنی بانہہ ڈال کر بڑے اطمینان سے بولی۔

"کہاں چلیں گے؟ میرے گھر یا آپ کے ہوٹل؟"

وہ من موہن سنگھ ٹھیک کہتا تھا۔

مگر برف اتنی کم کیوں گرتی ہے۔ اتنی کم کیوں گرتی ہے۔

یا اللہ ایک دفعہ تو اتنی برف گرا دے کہ ساری پلیٹیں دُھل جائیں اور ساری ہتھیلیاں صاف ہو جائیں!!

۳۳

لندن کی چوتھی شام

دوسرے مغربی شہروں کی طرح لندن میں بھی کپڑوں کی دُھلائی کا مسئلہ بہت تکلیف دہ ہوتا جارہا ہے۔ لانڈری کے دام اتنے بڑھ گئے ہیں کہ کسی میلی قمیض یا پاجامہ کو دھلانے سے یہ کہیں بہتر ہے کہ آدمی نئی قمیض یا پائجامہ خرید لے۔ نائیلون اور ٹیری لین اور اِسی قبیل کے دوسرے مصنوعی سوتوں کی ایجاد نے اِس مسئلہ کو کسی حد تک حل کیا ہے۔ مگر اون اور روئی کے سوت کی دُھلائی کا مسئلہ اُسی طرح باقی ہے۔

گھر کی عورت کی بچت کا خیال رکھتے ہوئے اب لندن کے مختلف بازاروں اور گلیوں میں لانڈری کے بجائے چھوٹے چھوٹے لانڈریٹ کھل گئے ہیں جہاں کپڑا دھونے کی پندرہ بیس مشینیں نصب کردی جاتی ہیں۔ اِن مشینوں کا اوپر کا غلاف کانچ کا ہوتا ہے تاکہ آپ مشین کے اندر اپنا کپڑا دُھلتا ہوا دیکھ سکیں۔ عورتیں اپنے گھروں سے کپڑے کے بنڈل اُٹھا لاتی ہیں اور ایک مناسب فیس ادا کرکے کپڑے مشین میں جھونک دیتی ہیں۔ اور پھر مزے سے اخبار پڑھتی رہتی ہیں۔ یا بُنائی کرتی رہتی ہیں۔ مشین کپڑے دھو کر اُگل دیتی ہے۔ عورتیں اِس گیلے بنڈل کو اُٹھا کر گھر لے جاتی ہیں اور سکھا کر استری کرلیتی ہیں۔

مجھے چونکہ لندن میں کافی عرصہ رہنا تھا اس لئے میری دوست حبیبہ نے مجھے لانڈریٹ کی ترکیب سمجھائی۔ اُس نے میرے اور اپنے کپڑوں کا ایک بنڈل بنایا اور مجھے اپنے ساتھ لانڈریٹ لے گئی۔ جہاں میں اپنے اُس کے کپڑوں کو گڈمڈ ہوتے دیکھ کر

عجیب سا محسوس کرتا رہا۔

"سنو حبیبہ!" میں نے اُس سے کہا۔ "ساری زندگی تو ہم الگ الگ رہے۔ کپڑے الگ جنم الگ۔ خیال الگ۔ روحیں الگ۔ اِس لئے اب لندن میں آکر ایک ہی مشین میں اپنی قمیض اور تمہارے بلاؤز کو گڈ مڈ ہوتے دیکھ کر عجیب سا لگتا ہے۔"

"وہ جو انگریزی میں ایک محاورہ ہے۔" حبیبہ ہنس کر بولی۔ Washing dirty linens in public وہ اِس موقع پر صادق آتا ہے۔"

زیادہ باتیں کرنے کا یہاں موقع نہ تھا۔ کیونکہ لانڈریٹ میں لائبریری کا سا سماں تھا۔ ہر عورت مشین کے سامنے بیٹھی ہوئی کسی اخبار یا رسالہ کے مطالعہ میں مصروف تھی۔ اس لئے حبیبہ کا قہقہہ بہت بے محل رہا اور میں بھی جلدی سے مسکرا کر چپ ہو گیا۔ کیونکہ باقی سبھی انگریز عورتیں تھیں اور اِس طرح خاموش خشوع خضوع کئے بیٹھی تھیں گویا کسی گرجے میں مصروفِ دُعا ہیں۔ ایسے مقدس ماحول کو درہم برہم کرنا میں نے مناسب نہیں سمجھا۔ اور حبیبہ سے کہا۔

"تمہیں تو یہاں وقت لگے گا۔ برسوں کے پاپ ہیں۔ ایک دن میں تو دُھل نہیں سکتے۔ جب تک میں کیا کروں۔؟"

وہ سوچ سوچ کر بولی۔ "تم سیدھے یہاں سے دائیں فٹ پاتھ پر چلے جاؤ۔ تین موڑ چھوڑ کر چوتھے کراسنگ پر بائیں کو گھوم جاؤ اور پیٹی کوٹ لین کی سیر کر آؤ۔"

"پیٹی کوٹ لین کیا ہے؟" میں نے اُس سے پوچھا۔ "نام تو دلچسپ معلوم ہوتا ہے"

"جگہ بھی دلچسپ ہے۔ اگر دلچسپ نہ لگے تو سیدھے یہیں اِسی لانڈریٹ میں واپس چلے آؤ۔ ورنہ لنچ پر گھر پر ملو، نہیں تو شام کو ڈنر پر"

"ورنہ کل صبح کا ناشتہ تمہارے گھر پر کروں گا۔" میں نے اُس سے کہا۔

"ٹھیک ہے، جب تک تمہارے کپڑے سوکھ جائیں گے۔ لندن میں سورج تو نکلتا نہیں۔ کپڑے بھی مشین سے سکھانے پڑتے ہیں۔" حبیبہ بولی اور میں اُسے بائی بائی کہہ کر پیٹی کوٹ لین کی طرف روانہ ہو گیا۔

پیٹی کوٹ لین لندن میں ایشیائی طرز کا واحد بازار ہے۔ اور اسے "پیٹی کوٹ لین" کا طنزیہ نام غالباً اس لئے دیا گیا ہے کہ یہاں خرید و فروخت کیلئے عورتیں بکثرت آتی ہیں ۔زیادہ تر انگریز عورتیں ہوتی ہیں ۔ مگر غریب طبقہ کی، کچھ ہندوستانی اور پاکستانی عورتیں بھی ہوتی ہیں۔ کوئی سو میں بیس۔ سبھی اپنے ملک کی طرح ہاتھوں میں جھولے لئے اور انگریزی سردی سے بچنے کیلئے ڈفل کوٹ پہنے بھاؤ تاؤ میں مصروف نظر آتی ہیں۔ پیٹی کوٹ لین کی قیمتیں بھی ایشیائی ہیں۔ ان قیمتوں میں لچک ہوتی ہے۔ بھاؤ تاؤ ہو سکتا ہے مناسب حدود میں رہتے ہوئے ایک دوسرے کے کردار اور مزاج کو پرکھا جا سکتا ہے شکست بھی کھائی جا سکتی ہے۔ جیت بھی حاصل ہو سکتی ہے۔ مشرق میں خریداری ایک آرٹ ہے۔ مغرب میں وہ ایک ضرورت کو جلد سے جلد پورا کر دینے کا نام ہے۔ اسی لئے لندن ایسے صنعتی شہر میں مجھے پیٹی کوٹ لین کو دیکھ کر حیرت ہوئی۔

پیٹی کوٹ لین "ایل" (L) کی شکل کا ایک بازار ہے۔ داخل ہوتے ہی دو رویہ سلیٹی رنگ کی عمارتیں نظر آتی ہیں۔ بیچ میں ایک وسیع چوک ہے۔ چوک کے دائیں طرف کو یہی بازار اپنے لکڑی کے سٹال، چوبی کھوکھے لئے آگے کو چلا گیا ہے، گھروں سے غربت ٹپکتی ہے۔ سڑک پر کیچڑ ہے۔ فضا میں وہی بدبوؤں اور خوشبوؤں کی ملی جلی کیفیت ہے جو ایشیائی بازاروں میں پائی جاتی ہے ہاں شور بہت کم ہے اور خریداری دھیمے سُروں میں ہوتی ہے۔ " continent "کی عورت تو خاموشی کو محض ایک سوشل تصنع کے طور پر استعمال کرتی ہے اور تکلف ٹوٹتے ہی بالکل اپنی مشرقی عورت کی طرح زبان چلانے لگتی ہے۔ مگر یہ وصف میں نے انگریز عورت میں کم دیکھا۔

میں ٹہلتا ٹہلتا آگے بڑھتا گیا۔ "دی بریڈ فوڑ کلیرنس سیل" کے سامنے رُک گیا۔ The Bread ford clearance sale کے سامنے بڑی بھیڑ تھی۔ "یہاں بچّوں کے سِلے سِلائے فراک ملتے ہیں۔ کپڑا ہندوستان اور پاکستان سے آتا ہے ۔انگلستان سے بہت سستا ہوتا ہے۔ درزی بھی ہندوستانی اور پاکستانی ہوتے ہیں۔ وہ بھی انگریز درزیوں سے بہت سستے ہوتے ہیں۔ اس لئے "دی بریڈ فورڈ کلیرنس سیل"

سال بھر کلیر نس سیل کر تا رہتا ہے۔ اور کوئی انگریزی دوکان اِس کا مقابلہ نہیں کر سکتی۔" ماسٹر غفورا ٹیلر ماسٹر جو اس دوکان کا مالک ہے اُس نے مجھے بتایا۔

غفورا کوئی ساٹھ برس کا ہوگا۔ رنگ سانولا۔ آنکھوں میں کاجل، ترشی ہوئی مونچھیں سفید بالوں میں مہندی کا خضاب، آواز ایسی کراری تھی معلوم ہوتا تھا۔ ابھی جامع مسجد کی سیڑھیوں سے کباب بیچتا بیچتا اُٹھ آیا ہے۔

"سبزی والان کے ہیں ہم۔" بڈھا بڑے ٹھسّے سے بولا۔ دونوں چھوٹے بھائیوں کو بھی یہاں بُلایا ہے۔ فیضو اور نواب دونوں سلائی کرتے ہیں۔ دو پاکستانی درزی بھی کام کرتے ہیں۔ معراج اور گاما۔ دونوں بھاٹی گیٹ کے ہیں۔ کیا سُتھری سِلائی کرتے ہیں۔ اب دو سِکھ درزی بھی بڑھا دیے ہیں دوکان پر"

"تخصیص کیوں؟"

"اجی سبھی کو مال بیچنا پڑتا ہے۔ طریوں طریوں کے لوگ آتے ہیں۔ اس لئے دوکان پر دو سیلز مین بھی رکھ دیے ہیں۔ لونڈے ہیں۔ مگر اچھا کام کرتے ہیں۔"

"کب سے یہاں ہو؟"

"تیس سال سے۔"

"انگریزی کتنی سیکھی؟"

"یس، (Yes) نو، (No) تھینک یو، (Thank You) کم، (Come) گو، (Go) بُڈھا اپنی انگلیوں پر گنتا ہوا بولا۔ "بس یہ پانچ لفظ آتے ہیں۔

یس۔ نو۔ تھینک یو۔ کم۔ گو۔"

"بہت کم گو ہیں آپ!" میں نے مسکرا کر کہا۔

بُڈھے نے زور کا قہقہہ لگایا۔ اُجی اپنی زبان کے اِس مزے کو تو ترس گئے یہاں وہ دِلّی اور لکھنو کا چٹخارہ ہی نہیں ہے انگریزی زبان میں۔ بڑی ہی برفیلی زبان ہے صاحب! کسی انگریز کو سنئے معلوم ہوتا ہے مُنہ میں برف کی ڈلی رکھ کر بات کر رہا ہے۔"

"مزے میں ہو؟" میں نے پوچھا۔

۳۷

"اللہ کا شکر ہے۔"

"یہاں آکر کتنی شادیاں کیں؟"

"تین!"

"ہندوستانی کہ پاکستانی؟"

"سب انگریز ہیں صاحب!" بڈھا اپنی ترشی ہوئی مونچھوں پر ہاتھ پھیرتے ہوئے بولا۔ "الحمد للہ!"

"تینوں تمہارے ساتھ رہتی ہیں؟"

"ہاں۔"

"یہ کیسے ممکن ہے؟" میں نے حیرت سے کہا۔ "یہاں تو اس ملک میں ایک سے زیادہ شادی ایک وقت میں ناممکن اور غیر قانونی ہے۔"

"تینوں کو مسلمان کیا ہے صاحب!" بڈھا میری حیرت کو دیکھ کر بڑی مسرت سے بولا۔ "تینوں ساتھ رہتی ہیں۔ وہ سامنے والے مکان میں۔ وہ جو آلو پیاز بیچنے والے۔ بنئے کی دوکان کے اوپر ہے۔ وہ مکان میرا ہے۔ میں نے خود خریدا ہے... ان تینوں کو وہاں رکھتا ہوں۔"

"تینوں اکٹھی رہتی ہیں۔" میری حیرت بڑھتی جا رہی تھی۔ "اور تم سے کچھ باز پُرس نہیں کرتیں؟"

"اجی ذرا چیں چپڑ کریں تو سالیوں کی کھال اُدھیڑ کے رکھ دوں۔" بڈھا ہوا میں ایک خیالی ہنٹر گھماتا ہوا بولا۔

کچھ قدم آگے چل کر میں ایک انگریز کی دوکان پر رُک گیا۔ جو بُھنے ہوئے چسٹ نٹ Chest nut بیچتا تھا۔ گرم گرم اور مزے دار چھلکے توڑ کر کھائیے۔ اپنے وطن کے سنگھاڑے یاد آگئے۔ اور چنا جور گرم بیچنے والے فرق صرف اتنا ہے کہ چنا جور گرم بیچنے والا بڑی رنگین آوازیں لگاتے ہیں اور یہ حضرت نہایت خاموشی سے چسٹ نٹ بھون کر بیچتے جاتے تھے۔ کچھ اُداس بھی معلوم ہوتے تھے۔ کیونکہ بازو پر ایک کالی

پٹی لگا رکھی تھی۔ اور گود میں ایک پیاری سی بچّی کو اُٹھا رکھا تھا۔ جو مشکل سے تین سال کی ہوگی۔ نیلی آنکھوں اور گلابی رخساروں والی۔ یہ بچّی بہت ہی پیاری معلوم ہوتی تھی۔ میں نے جب اِس بچّی سے مانوس ہونے کی کوشش کی تو انگریز پگھل گیا۔ معلوم ہوا اسکا نام کانرائے (Conroy) ہے۔ وہ انگریز نہیں۔ آئرش ہے۔ سات دن ہوئے اِس بچّی کی ماں چل بسی۔ اب اِس بچّی کے باپ ہی کو اِسے دیکھنا پڑتا ہے اور دوکان بھی چلانی پڑتی ہے۔ اور وہ اتنا امیر نہیں ہے کہ کوئی نرس رکھ سکے۔ بڑی مصیبت ہے۔!

چسٹ نٹ خریدنے والے دو اور گاہک آ گئے تھے۔ میں نے بچّی کو گود میں لے لیا۔ ادھیڑ عمر کا کانرائے چسٹ نٹ بھوننے لگا۔ جب گاہک چلے گئے تو اور بھی مجھ سے کُھل گیا۔

"اِس بچّی کا نام کیا ہے۔"

"ڈالی!"

"بالکل پھولوں کی ڈالی معلوم ہوتی ہے۔"

جب میں نے ترجمہ کر کے بتایا تو وہ میری تعریف سے بہت خوش ہوا۔ بولا۔

"ہمارے آئرلینڈ میں لڑکیاں بہت خوبصورت ہوتی ہیں۔"

میں بھی چپ رہا۔ وہ بھی چُپ رہا۔ پھر بڑی اُداسی سے بولا۔ "مگر بڑی ہو کر سب امریکہ چلی جاتی ہیں۔"

پھر ذرا سے وقفہ کے بعد اپنی لڑکی کو وہ عجیب سی نگاہوں سے دیکھتے ہوئے بولا۔ "جانے یہ بڑی ہو کر کہاں جائے گی؟ جب تک "مولی" (Molly) زندہ رہی مجھے اِس کی طرف سے کوئی فکر نہ تھی۔ مولی بڑی بہادر لڑکی تھی۔ ہم دونوں مل کر جی لیتے تھے۔ اب میں اکیلا رہ گیا ہوں۔۔۔۔۔۔۔ بڑا مشکل معلوم ہوتا ہے۔"

مجھے ایسا لگا جیسے میں اپنے گاؤں کی چوپال پر بیٹھا ہوں۔ نیلی آنکھوں کے اندر وہی میٹھی نگاہیں ہیں۔ گوری چمڑی کے اندر وہی کالی مصیبتیں ہیں۔ بُھنے ہوئے چسٹ نٹ کی

جگہ باجرے کے بھنے ہوئے دانے ہیں۔ڈالی کا کیا ہوگا؟۔۔۔ چمیلی کا کیا ہوگا۔۔۔یونہی چھت ٹپکتی رہے گی، اسی طرح زندگی گذرتی رہے گی۔!

چناجور گرم۔۔۔!

عرصہ گزرا میرے بچپن کا ایک دوست تھا، خوش حال سنگھ۔!

پہلی سے پانچویں جماعت تک ہم اکٹھے پڑھے۔ پھر میں گاؤں سے شہر چلا آیا اور وہ وہیں گاؤں میں رہ گیا۔ کیوں کہ اُس کے ماں باپ غریب کسان تھے اور اپنے بچّے کو مزید تعلیم نہ دلوا سکتے تھے، خوشحال سنگھ بہت ذہین تھا۔ مگر لکھنے پڑھنے میں اُس کا جی نہ لگتا تھا ۔اور کھیتی باڑی میں بھی نہیں لگتا تھا۔ بس اُسے ہر وقت کھیل کی دُھن سوار رہتی تھی اور موقع بے موقع اُسے ہنسنے کی عادت تھی۔ اُس کے چوڑے چکلے چہرے پر اُس کی ناک بہت بڑی تھی اور ناک سے زیادہ اُس کے نتھنے بڑے تھے، یہ نتھنے بڑے ہونے کے علاوہ بے حد پتلے تھے، اِس قدر پتلے اور بڑے کہ جب وہ زور سے سانس اندر کھینچتا تو یہ نتھنے زور زور سے پھڑ پھڑانے لگتے تھے اور کافی توجہ اور مشق کے بعد وہ ان نتھنوں سے ایک خاص عجیب طرح کی آواز نکالتا تھا۔ اُس کا قاعدہ یہ تھا کہ پہلے وہ زور سے ہنستا تھا اور پھر اِک دم اپنی ہنسی روک کر ناک سے سانس اندر کو کھینچتا اور پھڑ پھڑاتے ہوئے نتھنوں سے ایسی آواز نکالتا گویا وہ منہ کے بجائے ناک سے ہنس رہا ہو۔ اُسے اُن نتھنوں پر ایسی قدرت حاصل تھی کہ اُس کے چہرہ کا عیب فن کاری میں بدل گیا تھا۔ اور ہم لڑکے اُس کی ناک کے قہقہے کو سننے کے لئے بیتاب رہتے اور اپنی ناک سے ایسی ہی آواز نکالنے کی کوشش کرتے۔ مگر انتہائی کاوش کے بعد رطوبت کے سوا وہاں سے کچھ نہ نکلتا ۔اِس بات کو شاید پینتیس چھتیس برس ہو گئے ہوں گے۔ گاؤں سے آنے کے بعد میری ملاقات خوش حال سنگھ سے کبھی نہیں ہوئی۔ اِس وقت چلتے چلتے میری نگاہ ''پنجاب ٹی ہاؤس'' کے بورڈ پر پڑ گئی تو چائے پینے کے ارادے سے میں ٹی ہاؤس میں داخل ہو گیا۔ اور داخل ہوتے ہی میں نے ایک زوردار قہقہہ سُنا۔ یہ ایک کاونٹر پر بیٹھا ہوا اونچا، لمبا تڑنگا، بھاری جثے کا چوڑے چکلے چہرے والا ایک سکھ تھا۔ اور کسی پٹھان سے

باتیں کر رہا تھا۔ قہقہہ لگا کر اُس آدمی نے جب ایک دم اپنا سانس روکا تو اُس کے پھڑ پھڑاتے ہوئے نتھنوں سے ایک ایسی آواز نکلی جس نے مجھے ایک لمحہ میں آج سے پینتیس برس پہلے اپنے گاؤں میں پہنچادیا میں، نے تیزی سے قدم بڑھایااور دونوں ہاتھ پھیلا کر کاؤنٹر کی طرف بڑھا۔ بڑھتے ہوئے میں نے چلاّ کر کہا۔

"خوشحال سنگھ!"

کاؤنٹر پر بیٹھا ہوا آدمی چند لمحے تو مجھے گھورتا رہا۔ پھر ایک دم چوڑی چکلی مسکراہٹ اُس کے چہرے پر پھیل گئی۔ اُس نے میرا نام لے کر مجھے ایک موٹی سی گالی دی اور دوسرے لمحہ میں کاؤنٹر کو چھلانگ کر اُس نے دونوں ہاتھ پھیلا کر مجھے دبوچ لیا۔ اور ہم دونوں بغلگیر ہوتے ہوئے ایک دوسرے کو کھینچتے ہوئے ایک ٹیبل پر جا گرے۔ جہاں ایک انگریز جوڑا بیٹھا تھا۔ وہ بے چارے جلدی سے اُٹھ کھڑے ہوئے۔ میز کی پیالیاں ٹوٹ گئیں۔ پلائی ڈُڈ کا ٹیبل ٹاپ بھی ٹوٹ گیا۔ اب ہم دونوں میز کے اندر تھے۔ ایک دوسرے سے گتھم گتھا تھے اور ایک دوسرے کو چوم رہے تھے۔

پہلے چند سیکنڈ تو لوگ ہماری لڑائی دیکھ کر ہراساں تھے، کچھ لوگ تو پولیس کو بھی بُلانے کی فکر میں تھے۔ مگر جب ہم نے ایک دوسرے کا مُنہ چومنا شروع کیا تو لوگ ہنسنے لگے اور انگریز جوڑے نے بھی میز کے اندر سے نکلنے میں ہماری مدد کی۔ اور ہم دونوں نے بھی اُن سے معذرت چاہی۔ اُنہیں خوشحال سنگھ نے جلدی سے پنجابی اور انگریزی کا ملغوبہ استعمال کرتے ہوئے بتایا۔

"مینوں میرا یار ملیا۔ آفٹر تھرٹی فائیو اِیرس After Thirty Five Years
می ایکس کیوز یو میم صاحب! انگریز صاحب! Me excuse you, Mem Sahib!

میں نے خوشحال سنگھ سے پوچھا۔ "اب یہ میز جو ٹوٹ گئی ہے اس کے پیسے کون دے گا؟"

"باہر چل بتاتا ہوں۔" خوشحال سنگھ مجھے کندھے سے گھسیٹ کر باہر لے آیا، اور

"پنجاب ٹی ہاؤس" کے بورڈ کی طرف اشارہ کرتے ہوئے بولا۔

"اِس کو پڑھ۔"

پھر خود ہی پڑھنے لگا۔ "دی پنجاب ٹی ہاؤس، پروپرائٹر۔ خوشحال سنگھ بلگاں والہ چک ڈھانڈران۔ ڈسٹرکٹ فیروزپور، صوبہ پنجاب۔"۔۔۔ "پھر میری طرف دیکھ کر اُس نے زور کا قہقہہ لگایا، پہلے مُنہ سے، پھر ناک سے، پھر میرے کندھے سے مُنہ ملتے ہوئے بولا۔" یہ ٹی ہاؤس میرا ہے۔ اور پیٹی کوٹ لین میں چھ سٹال بھی ہیں اور ایک مکان بھی خریدا ہے میں نے پیٹی کوٹ لین میں۔ چل گھر پہلے بھابھی سے مل۔"

حیل حجت کا موقع نہ تھا۔ میں سیدھا اُس کے گھر چلا گیا۔ سلیٹی رنگ کا تین منزلہ مکان تھا۔ نیچے کی منزل میں اُس کی کپڑوں کی دوکان تھی۔ دوسری منزل اُس نے کرایہ پر اُٹھار کھی تھی اور تیسری منزل میں وہ خود رہتا تھا۔

"او آرتھر دی مدرلے۔ او آرتھر دی مدرلے۔ باہر نکل۔ دیکھ کون آیا ہے؟"

خوشحال سنگھ کا شور سُن کر آرتھر دی مدلہ باہر نکل آئی۔ بڑی ہنس مکھ انگریز عورت تھی۔ شلوار قمیض پہنے ہوئے۔ اپنی کمر پر ایک بچّہ ٹکائے ہوئے تھی، بالکل اپنے گاؤں چک ڈھانڈراں کی عورتوں کی طرح۔ آتے ہی اُس نے مجھ سے پنجابی میں کہا۔

"جی آیانوں۔!" اور میرا جی خوش ہو گیا۔

"یہ آرتھر کون ہے؟" میں نے خوش حال سنگھ سے پوچھا۔

"میرا بڑا لڑکا ہے۔" خوش حال سنگھ بولا۔ اور پھر آواز دے کر چلّانے لگا۔

"او آرتھر!۔ او آرتھر!۔ او آرتھر دے بچّے۔۔۔!"

باپ کا شور سُن کر آرتھر بھی ایک کمرے سے باہر نکل آیا۔ آرتھر اونچا، لمبا اٹھارہ برس کا لڑکا تھا۔ رنگ گورا۔ آنکھیں نیلی، بال سنہرے۔ سنجیدہ اور خوبصورت۔ انگریز اور سِکھ کا حسین امتزاج۔

"یہ ہے میرا بیٹا آرتھر سنگھ" خوش حال سنگھ بڑے فخر سے بولا۔

"آرتھر سنگھ کیا نام ہوا؟" میں نے خوشحال سنگھ سے پوچھا۔

"اگر باپ کا نام خوشحال سنگھ ہو سکتا ہے تو بیٹے کا نام آرتھر سنگھ کیوں نہیں ہو سکتا ؟" خوشحال سنگھ نے مجھے سمجھایا۔ "اور پھر ہمارے ہاں اگر جرنیل سنگھ اور کرنیل سنگھ ہو سکتے ہیں تو آرتھر سنگھ کیوں نہیں ہو سکتے ؟"

خوشحال سنگھ نے مجھے لاجواب کر دیا۔

خوشحال سنگھ اپنی مسکراتی ہوئی بیوی کی طرف دیکھ کے بولا۔۔۔ "میں نے آرتھر دی مدر نوں امرت چکھادِتا ہے۔اب یہ سکھنی ہے ... بڑی عمدہ کڑھی بناتی ہے اور سرسوں کا ساگ!"

"سرسوں کا ساگ بھی!" میں نے حیرت سے پوچھا! لندن ہیں؟"

"ہاں۔" خوشحال سنگھ میرے ہاتھ پر ہاتھ مار کر بولا۔ "ہوائی جہاز سے منگاتا ہوں ۔سنڈے کے سنڈے۔ آج کھلاواں گے اپنے یار نوں"

پھر خوشحال سنگھ نے آرتھر کی مدر کو لنچ کے کھانے کے لئے چند ضروری ہدایات دیں اور جب وہ چلی گئی اور آرتھر بھی اپنے کمرے میں چلا گیا تو خوشحال سنگھ نے اِدھر اُدھر کی باتیں کرتے ہوئے مجھ سے پوچھا۔

کیا کرتے ہو؟"

"کتابیں لکھتا ہوں۔"

"اوئے ..." خوشحال سنگھ نے مجھے بڑی موٹی سی گالی دے کر کہا۔ "تو ایسے کا ایسا نکما ہی رہا۔ اُدھر گاؤں میں بھی تو ایسا ہی احمق تھا۔ یاد ہے جب ہم ندی کے کنارے مچھلیاں پکڑتے تھے تو تو آسمان پر اُڑتے ہوئے بادل گنا کرتا تھا۔"

خوشحال سنگھ نے میری حماقت پر بڑی افسردگی سے سر ہلایا اور پھر پوچھا۔

"کوئی گھر بنایا؟"

"نہیں۔"

"بینک میں کتنا جوڑا؟"

"ساڑھے سنتالیس روپے!"

۴۳

"اوئے کمبخت۔ تو بالکل نالائق نکلا، پچ پچ۔" خوشحال سنگھ میری طرف رحم کی نگاہوں سے دیکھنے لگا۔ پھر چند لمحوں کے سکوت کے بعد اُس کے چہرہ کا غبار ایک دم ڈھل گیا۔ ایک چمکیلی مسکراہٹ اُس کے سارے چہرہ پر پھیل گئی۔ اور اُس نے بڑی محبت سے میرے کندھے پر ہاتھ رکھ کر کہا۔

"تو نے اچھا کیا جو لندن چلا آیا۔ میں تجھ کو اِدھر پٹی کوٹ لین میں کباب کی ایک دوکان کھول دیتا ہوں۔"

"کباب کی؟"

"ہاں۔ 'کتاب' چھوڑ 'کباب' بیچ۔ بڑا عمدہ دھندا ہے۔ اِدھر اکیلے لندن میں ڈیڑھ لاکھ سے زاید پاکستانی ہوں گے۔ اور ستر، اسّی ہزار شائد ایک لاکھ ہندوستانی ہوں گے۔ اِدھر کباب کی دوکان خوب چلے گی۔ دوکان میں مال میں دوں گا باورچی میں دونگا پرافٹ ففٹی ففٹی۔"

میں چُپ رہا۔

"بول۔!" اُس نے مجھ سے پوچھا۔ "کتاب کہ کباب؟"

"کتاب!" میں نے کہا۔

خوشحال سنگھ نے مجھے زور کا ایک دھکا دیا۔ میں صوفہ پر ذرا پیچھے جاگرا۔ "تیری کھوپڑی ہمیشہ سے اُلٹی تھی۔ وہ اپنے سکول کا مولوی ٹھیک کہتا تھا۔ یہ لڑکا بڑا ہو کر نالائق نکلے گا..."

خوشحال سنگھ نے نااُمیدی میں سر ہلادیا۔

عمدہ پنجابی لنچ کھانے کے بعد خوشحال سنگھ مجھے پٹی کوٹ لین کی سیر کرانے کے لئے میرے ساتھ ہولیا۔ وہ ایک شاہانہ وقار کے ساتھ چلتا ہوا اپنے جاننے والوں کو مجھے دکھا رہا تھا۔

چلتے چلتے پٹی کوٹ لین کے تقریباً آخر میں میرے قدم ایک جگہ رُک گئے۔ یہاں بہت بھیڑ تھی۔ ایک ادھیڑ عمر کے انگریز کے گرد بہت سے لوگ جمع تھے۔

"چلو چلو۔ یہاں مت رُکو!" خوشحال سنگھ نے مجھ سے آہستہ سے کہا۔

"کیوں؟" میں نے کندھے جھٹک کر کہا۔ "دیکھنے دو، یہ کیا تماشہ ہے کون ہے یہ؟"" یہ الفو ہے انگریز مجمع باز!"

میں نے آج تک کوئی انگریز مجمع باز نہیں دیکھا تھا اس لئے اُسے قریب سے دیکھنے کیلئے آگے بڑھ گیا۔

اس شدید سردی کے عالم میں بھی اُس ادھیڑ عمر کے انگریز نے لانگ کوٹ تو کیا، کوئی کوٹ یا جرسی تک نہیں پہن رکھی تھی۔ ایک ڈھیلی ڈھالی چارلی چپلن نما پتلون تھی جو تقریر کرتے وقت بار بار نیچے سرک جاتی تھی اور وہ اُسے جھٹکے دے کر اونچا کر لیتا تھا اور مجمع بازوں کی پکّی اور بلغمی آواز میں برابر بولے جا رہا تھا۔ وہ کھانسی کی کوئی دوا بیچ رہا تھا۔

اُس نے کاغذ کی پُڑیا پر پوٹاشیم پرمینگنٹ رکھی اور پھر اُسے ایک تیزابی سلائی دکھاتے ہوئے بولا۔

"See What Happens"

تیزابی سلائی دکھاتے ہی پوٹاشیم پرمینگنٹ پھک سے اُڑ گیا۔

انگریز مجمع باز بولا "دیکھا! جس طرح ایک تیزابی سلائی دکھاتے ہی یہ پاؤڈر جل گیا، اُسی طرح میری محبوب کھانسی کی دوا چٹکی میں کھانسی کو پھیپھڑوں کے اندر جلا دیتی ہے " پھر اُس نے کھانسی کی دوا کی پُڑیوں کا بنڈل اُٹھایا۔ اور وہ کچھ کہنے ہی والا تھا کہ اُس کی نظر خوشحال سنگھ پر پڑ گئی۔

نظر پڑتے ہی انگریز کا چہرہ سُرخ سے سُرخ تر ہوتا گیا۔ اُس کی اودی ناک گہرے جامنی رنگ کی ہو گئی۔ اُس کی تقریر کا رُخ ایک دم بدل گیا۔ اب وہ کھانسی کی دوا کا ذکر چھوڑ کر لندن میں رہنے والے ہندوستانیوں اور پاکستانیوں پر بولنے لگا۔ اُس کا لہجہ شدید سے شدید تر ہوتا جا رہا تھا۔ وہ خالص لندنی لہجہ میں بڑی زوردار انگریزی میں کالے آدمیوں کو گالی سُنا رہا تھا۔

۴۵

مجمع میں کئی انگریز لڑکے برہم ہونے لگے اور غصّے سے میری طرف اور خوشحال سنگھ کی طرف دیکھنے لگے۔ چند ہندوستانی مجمع سے دور سرک گئے۔ مگر خوشحال سنگھ اپنی جگہ کھڑا مسکراتا رہا۔ اُس نے خاموشی سے اپنے ایک گرگے کو اشارہ کیا۔ وہ آدمی وہاں سے چلا گیا۔

چند منٹ کے بھاشن کے بعد مجھے ایسا لگا جیسے انگریزوں کا پورا مجمع مشتعل ہونے کو ہے۔ مگر اسی وقت ایک بابی (لندن پولیس کا ایک فرد) آگیا۔ اور وہ... رلفو یعنی رالف کو پکڑ کر پیٹی کوٹ لین کے باہر لے گیا۔

مجمع تتر بتر ہونے لگا۔

خوشحال سنگھ نے مسکرا کر کہا بڑی دلجمعی سے۔ "بے چارے رلفو نے پھر زیادہ پی لی ہے۔ زیادہ پی کر وہ ہم لوگوں کو گالیاں سُنانے لگتا ہے۔"

"کیوں؟"

"بے چارے کا دھندا آج کل ٹھیک نہیں چلتا ہے۔" خوشحال سنگھ بولا۔

"ہمارے ہندوستانی مجمع بازوں کے سامنے اُس کی ایک نہیں چلتی۔"

"کیا وہ بابی اُسے گرفتار کر کے لے گیا ہے؟"

"نہیں۔ اُدھر رفتی رسٹیورنٹ میں اُس کو ٹھنڈا کرے گا۔ لندن کے سنتری بہت ہوشیار ہوتے ہیں۔ شاید اُس کو ایک آدھ پیگ پلائے گا۔ پھر اُس کے گھر بھجوا دے گا۔ اسی لئے میں تم سے کہتا تھا۔ یہاں مت رُکو۔ مجھے دیکھ کر اِس کو بہت غصّہ آجاتا ہے۔"

"بے چارہ رالفو۔ چلو آگے چلو!"

چلتے چلتے میرے ذہن میں رالف کا اودا اور سُرخ چہرہ گھومنے لگا۔ اور اُس کی گہری بھاری آواز کی گھن گرج......!!

رالف نے اپنے لئے غلط پیشہ چُنا۔!" میں نے خوشحال سنگھ سے کہا۔" وہ اگر پارلمینٹ کا ممبر ہوتا تو زیادہ کامیاب رہتا۔

آج کل جتنے مجمع باز تھے سب پارلمینٹ کے ممبر ہو چکے ہیں۔"

لندن کی پانچویں شام

خوبصورت عورت کا بڑھاپا بُجھے ہوئے آتش فشاں پہاڑ کی طرح ہوتا ہے۔ اب لاوا برس چکا۔ آب و آتش کا طوفان گزر چکا۔ اب کریٹر کی تہہ میں کچھ گرم راکھ باقی ہے۔ جس میں کبھی کبھی چند شرارے چمکتے ہیں۔ دِلّی میں میں نے حبیبہ کی نوجوانی کا سراپا دیکھا تھا۔ اور اب لندن میں اُس کا بڑھاپا دیکھ رہا ہوں۔ بیچ میں تیس سال تھے۔

"دِلّی کی وہ شام مجھے اکثر یاد آتی ہے" میں نے حبیبہ سے کہا۔ "جب میں نے تمہیں پہلی اور آخری بار انصاری کے گھر دیکھا تھا۔ تم نے جوتے اُتار دیے تھے اور غالیچے پر مٹک مٹک کر ٹہل رہی تھیں، یا ٹہل ٹہل کر مٹک رہی تھیں۔"

"اب کچھ بھی کہو۔" حبیبہ ایک اُداس تبسّم سے بولی۔

" مجھے اجازت دو کہ میں تمہارا سراپا بیان کر سکوں ۔ ذہنی سراپا ۔ کیوں کہ خوبصورت عورت محض جسم ہی تو نہیں ہوتی ، وہ ایک تاثر ہوتی ہے ۔ بار بار مجھے تمہارے جسم کا رنگ یاد آتا ہے۔ تمہارے انگ انگ سے نور یوں چمک رہا تھا، جیسے پانی کی صراحی سے سراب کی رنگت چھلکتی ہے۔ وہ نور کس چیز کا تھا؟"

"اِس سمجھ کا کہ میں بہت خوبصورت ہوں۔" حبیبہ ہنس کر بولی۔

"تمہاری پُر کشش ہنسی اب تک باقی ہے۔ جانے کس طرح تم نے اِسے محفوظ رکھا ہے۔ میرے لئے یہ ایک معمہ ہے۔ بہر حال تمہاری یہ ہنسی آج بھی انگلینڈ کے اِس موسم میں اٹلی کے آسمان کی یاد دلاتی ہے۔"

"شکریہ!" حبیبہ میرا ہاتھ ذرا سا دبا کر بولی۔ "اِس عمر کو پہنچ کر ہر خوبصورت عورت ایک بھکارن بن جاتی ہے۔ تعریف کے ایک ٹکڑے کے لئے ترستی ہے۔"

"مجھے یاد کر لینے دو وہ جسم!" میں نے کہا۔ "فالسئی غرارے کے طلائی کام میں جھم جھماتا ہوا۔ ریشمی جالی کے دھوئیں میں آگ کی طرح سلگتا ہوا، بے چین بانہوں میں تھرکتا ہوا، مُنہ زور اور پھٹ پڑنے کے لئے تیار۔ تمہارا حُسن بڑا خطرناک تھا آج میں یاد کرتا ہوں تو لگتا ہے کہ کسی آتش فشاں پہاڑ کے دہانے پر کھڑا ہوں۔ مگر جسم سے زیادہ تمہاری باتیں یاد ہیں۔ حسین عورت کی حماقت کی باتیں بھی کرنے لگے تو قیامت ہو جاتی ہے۔"

"مزے کی بات یہ ہے کہ تم مجھے بالکل یاد نہیں ہو۔" حبیبہ بولی۔

"اُس وقت میں یاد رکھنے کے لائق نہ تھا۔" میں نے بتایا۔ "عورت کی نوجوانی مرد کی نوجوانی سے مختلف ہوتی ہے۔ عورت کی نوجوانی مکمل ہوتی ہے۔ مرد کی ادھوری اور کچی۔ اُس پر آگہی کا عالم دیر میں آتا ہے۔"

حبیبہ کچھ دیر سوچتی رہی۔ پھر مسکرائی۔ پھر ذرا رُک کر ایکبارگی ہنس پڑی۔ جیسے صاف شفاف اور چمکتے پانی کا فوارہ فضا میں بلند ہو گیا ہو۔ پھر یکا یک وہ ایسے چُپ ہو گئی جیسے کسی نے فوارے پر پاؤں رکھ دیا ہو۔ میں نے چونک کر اُس کی طرف دیکھا۔ وہ بھی کچھ یاد کر رہی تھی۔

"میرا حُسن میرے لئے ہمیشہ ایک پرابلم رہا۔" وہ سوچ سوچ کر بولی۔

"اِس کا یہ مطلب نہیں ہے کہ مجھے کبھی اپنے حُسن سے نفرت رہی ہے۔ یوں تو ہوا ہی نہیں کوئی مرد کسی عورت کی خوبصورتی سے اتنا پیار نہیں کرتا جتنا وہ خود کرتی ہے۔ مگر ایک بات میری سمجھ میں نہیں آئی جیسا کہ تم کہتے ہو۔ خوبصورتی کا ایک تاثر بھی ہوتا ہے۔

تو مرد ایسا کیوں کرتے ہیں کہ اگر تمہارے اندر خوبصورتی نہیں ہے تو تم باہر کی خوبصورتی خرید کر بھی کیا کر لو گے۔ ایسی خوبصورتی کو بار بار ہاتھ لگانے سے بھی کیا وہ خوبصورتی تمہاری

ہو جائے گی؟ میں پوچھتی ہوں گلاب کے پھول کا مالک آج تک کون ہوا ہے؟"

میں یہ نہیں کہتی کہ شادی بُری ہے۔ مگر یہ جس ملکیت بُری ہے اور پھر مردوں کا یہ دوغلا پن۔ شادی سے پہلے میری جان، میری ڈارلنگ کہتے ہوئے مُنہ سوکھتا ہے۔ ہاتھ جوڑتے ہیں۔ ایک نگاہ کے لئے ترستے ہیں۔ گڑگڑاتے ہیں۔ پاؤں پڑتے ہیں۔ پھر شادی کرتے ہی گھر کے آنگن میں لے جاکر تھان پر باندھ دیتے ہیں۔ ایک گائے یا بھینس کیطرح جس کا دودھ دوہا جائے گا اور جس سے بچھڑا پیدا کیا جائے گا۔"

حبیبہ بولتے، بولتے چُپ ہو گئی۔ اُس کی آنکھیں دُھواں دُھواں ہو گئیں۔

حبیبہ کی تلخی اُس کی زندگی سے متعلق تھی۔ حبیبہ کا پہلا شوہر ایک سپرنٹنڈنٹ پولیس تھا۔ اُس نے حبیبہ کو حوالات میں رکھنا چاہا۔ حبیبہ اُس کی خوبصورتی اور وجاہت پر بچھ گئی تھی۔ مگر یہ وجاہت محض اوپری تھی۔ اُس کا پہلا شوہر ایک بیل کی طرح وجیہہ تھا اور ایک سانڈ کی طرح مضبوط۔ اُس کے اندر وہ نازکی احساس نہ تھی جس کے بغیر حبیبہ زندہ نہ رہ سکتی تھی۔ لہٰذا وہ اپنے پہلے شوہر سے رسّیاں تُڑوا کے بھاگی۔

دوسری بار اُس نے ایک آئی سی ایس سے شادی کی۔ شادی سے پہلے کورٹ شپ رہا۔ اُس زمانے میں مرد: ایک دوسرا ہی آدمی ہوتا ہے۔ انصاری کو معلوم ہو چکا تھا کہ حبیبہ حسین ہونے کے علاوہ ذہین بھی ہے۔ خوش ذوق اور حسّاس بھی ہے۔ لہٰذا اُس نے اپنی کورٹ شپ شیکسپیر سے شروع کی۔ بیچ میں غالب آئے، براؤننگ آئے۔ ماتیس کی مصوری آئی، جدید شاعری آئی۔ چلئے شادی ہو گئی۔ حبیبہ بہت خوش تھی۔ ڈھنگ کا ایک شوہر تو ملا۔

مگر انصاری تو شادی کرنے کے بعد پھر آئی سی ایس بن گیا۔ حبیبہ سے ایسا سلوک کرنے لگا جیسے وہ اُس کی بیوی نہیں اُس کی انڈر سیکریٹری ہو۔ اُس کی باتوں کی حلاوت ہی جاتی رہی۔ ایسا لہجہ ہو گیا اُس کا جیسے وہ اپنی بیوی سے بات نہ کر رہا ہو، کسی فائل پر دستخط کر رہا ہو۔ حبیبہ کو بڑی مایوسی ہوئی۔ اُس نے انصاری سے بھی طلاق لے لی۔ اِس اثناء میں اُس کا ایک بچہ سپرنٹنڈنٹ پولیس سے اور دو بچے آئی سی ایس سے ہو گئے۔

مگر حبیبہ اب بھی بڑی خوبصورت تھی۔ لوگ کہتے ہیں کہ وہ اپنے وقت میں شمالی ہند کی سب سے حسین عورت تھی۔ لوگ یہ بھی کہتے ہیں کہ ایسا حُسن تو آج تک دیکھا ہی نہیں گیا۔ اس لئے حبیبہ کو تیسرا شوہر چُننے میں زیادہ دقت پیش نہیں آئی۔ اب کے اُس نے ادیب کو شوہر چُنا۔ حساس طبیعت، شاعر مزاج، بات بات پر عورتوں کی طرح جھینپ جانے والا۔ حبیبہ کو یہ شوہر شروع شروع میں بہت پسند آیا۔ مگر جلد ہی رنگ اُترنے لگا۔ اِس خوش ذوقی کی جلد کتنی باریک تھی۔ اس کے اندر کتنی تجارت تھی، شہرت کی کتنی حرص تھی۔ دوسرے ادیبوں کیلئے کتنی جلن تھی۔ ہر وقت پیسے کو گالیاں دینے کے باوجود ہر وقت پیسہ ہتیانے کیلئے کتنی تگ ودو تھی۔ ہر وقت سرمایہ داروں کو گالیاں دینے کے باوجود اُنہی کی جوتیاں چاٹنے کی کیسی خفتہ خواہش تھی۔ فراخدلی، انسانیت، خدمت اور نیک دلی کا لبادہ اوڑھے ہوئے یہ ادیب اندر سے کتنا تنگ نظر اور خود غرض تھا۔ اُس کا اندازہ جب حبیبہ کو ہولے ہولے ہونے لگا۔ تو اُس کی طبیعت بجھتی گئی، بجھتی گئی۔ اور جب ایک دن دھیرے سے اُس کے شوہر نے حبیبہ کو مشورہ دیا۔ کہ وہ فلم ایکٹریس بن جائے تو حبیبہ کو ایک دھکا سا لگا۔ اُسے محسوس ہوا کہ اگر وہ اِس ادیب سے شادی کرنے کی بجائے جوہری بازار کے کسی جوہری سے شادی کر لیتی تو وہ اس ہیرے کی پرکھ زیادہ بہتر طریقہ سے کرتا۔

حبیبہ اب اس ادیب سے بھی الگ ہوگئی۔ دھیرے دھیرے اب وہ اس نتیجہ پر پہنچنے لگی کہ اُس کے لئے شادی کرنا ہی غلط ہوگا۔ مگر اُس کا حُسن ابھی تک شعلہ ساماں اور آتش فشاں تھا۔ اُسے دیکھتے ہی ایسا لگتا تھا جیسے کسی نے انگارے کو چھو لیا ہو۔ گرم گرم لاوے پر ہاتھ رکھ دیا ہو۔ حبیبہ واقعی اب عشق اور حُسن، شاعری اور شادی سے اُکتا چکی تھی۔ مگر عاشق تھے کہ بولائے پھرتے تھے۔ جدھر جاتی عاشقوں کے پرے کے پرے شہد کی مکھیوں کی طرح بھنبھنانے لگتے۔ حبیبہ کو اُن کے عشق سے اُبکائی آنے لگی۔ اُن کی باتیں سُن کے متلی ہونے لگی۔ اب وہ کسی مرد کو اپنا ہاتھ نہ دے گی۔

جتنا اُس کا انکار پکا ہوتا گیا۔ مردوں کا اصرار بڑھتا گیا۔ یوں تو عاشقوں کا ایک جمِ غفیر تھا۔ مگر اُن میں دو مرد بے حد قابل توجہ تھے۔ ایک انتہائی بے وقوف سیدھا سادا مگر بے

حد امیر تھا۔ اُس کے سارے چونچلے بچّوں کے سے تھے۔ اُسے دیکھ کر جیبہ کے دل میں یہ خیال آنے لگا۔ کیوں نہ اب ایک ایسے مرد سے شادی کی جائے جس پر بیوی کے بجائے ماں کا سا حق جتایا جا سکے۔ دوسرا مرد جنگلات کا ٹھیکیدار تھا۔ ان پڑھ اور اپنے ان پڑھ ہونے پر مغرور کیوں کو ان پڑھ ہونے کے باوجود وہ اپنی محنت سے لکھ پتی بن گیا تھا۔ اُسے کتابوں سے نفرت تھی۔ کلچر اور شیکسپیر، تھیٹر اور فن، مصوری اور شاعری ان سب سے نہ صرف یہ کہ نابلد تھا بلکہ نابلد رہنا چاہتا تھا۔ اُس کی صحت بہت عمدہ تھی اور اُسے شکار کا بہت شوق تھا۔ اُسے دیکھ کر بھی جیبہ کو خیال آنے لگا کہ اِس قدر حساس ذہنی اور تمدنی زندگی بسر کرنے کے بجائے کسی ایسے شوہر کے ساتھ جنگلوں میں زندگی بسر کرنا کس قدر دلچسپ ہوگا۔ کبھی وہ بے وقوف امیر کی طرف جھکتی، کبھی اُس کا دل لکڑی کے ٹھیکیدار کی طرف مائل ہوتا نظر آتا۔ کبھی وہ دونوں سے دور رہنا چاہتی اور کوئی فیصلہ نہیں کر سکتی تھی۔ اِن دونوں کو چاہنے کا کوئی سوال نہ پیدا ہوتا تھا۔ صرف یہ سوچ رہی تھی کہ اِن دونوں میں سے کس کے ساتھ زندگی گزاری جائے۔

مگر جس بات کا فیصلہ جیبہ نہ کر سکی اُس کا فیصلہ اُس کے دونوں عاشقوں نے کر ڈالا۔ اِن دونوں کا قصہ بہت مشہور ہے۔ کس طرح لکھنو کے ایک باغ میں اِن دونوں عاشقوں نے ڈوئیل لڑا۔ ڈوئیل کی روایت ہمارے ہاں کی روایت نہیں ہے۔ ہم عشق میں یا تو خود زہر کھا لیتے ہیں یا لڑکی کو زبردستی بھگا لے جاتے ہیں۔ مگر ہمارے ہاں ڈوئیل نہیں ہوتا۔ مگر جیبہ کے لئے اپنے ہاں کی مقدس روایت بھی توڑ ڈالی گئی۔ اور اُن دونوں عاشقوں نے لکھنو کے ایک باغ میں پستولیں لے کر ڈوئیل لڑا۔ اور نتیجے میں دونوں ہلاک ہوگئے۔ اخباروں کے پہلے صفحے پر جلی حروف میں اس ڈوئیل کی خبر اور جیبہ کی تصویر شائع ہوئی اور اس قدر ہنگامہ ہوا کہ بے چاری جیبہ کو اپنا وطن چھوڑ کر لندن میں قیام کرنا پڑا۔ اُس کے ماں باپ بہت امیر تھے۔ اس لئے لندن میں روپے پیسے کی اُسے کبھی دقت نہ ہوئی تھی۔ پھر اُس نے اپنے بچّے لندن بلائے ... اور اس کے تینوں سابق شوہر اپنے بچوں کے لئے معقول وظیفے بھیجتے تھے۔ اِس لئے جیبہ کو کبھی کسی

قسم کی تکلیف نہیں ہوئی...

"بچے کہاں ہیں؟"

"وہ تو پاکستان چلے گئے ہیں۔ وہ ہندوستان میں ہیں۔ میں یہاں ہوں۔"

اُس کے بدن میں ایک جھرجھری سی آئی۔ اور وہ چپ ہو گئی۔ باہر برف بڑی خاموشی سے گر رہی تھی اور آتشدان میں آگ جل رہی تھی۔ ایک لمبی آہنی سلاخ کو اپنے ہاتھ میں لے کر اُس کے نُک میں ڈبل روٹی کا ایک ٹکڑا پھنسا کر وہ اُسے آتش دان پر گرم کرتی۔ پھر دوسرا ٹکڑا۔ اس طرح ہم دونوں باری باری آہنی سلاخ سے ٹوسٹ بناتے رہے۔ اور ہمبرگر بنا کر کھاتے رہے۔ ایرانی غالیچہ پر رکھے ہوئے سنہری جام۔ ہم دونوں آمنے سامنے فرش پر بیٹھے ہوئے تھے اور دیواروں پر حبیبہ کی تصویریں۔ انگلستان کے شاہی خاندان کے ساتھ۔ بڑے بڑے آدمیوں کے ساتھ۔ وہ لوگ اپنے رُتبے کے اعتبار سے عظیم تھے یا اپنے فن میں عظیم تھے۔ تو حبیبہ اپنے حُسن میں عظیم تھی۔

"انگریزی قوم کی وضعداری آج بھی باقی ہے۔" حبیبہ میری نگاہ شاہی خاندان کی ایک تصویر پر مرکوز دیکھ کر بولی۔ شاہی خاندان والے خاص خاص موقعوں پر آج بھی حبیبہ کو بُلاتے ہیں اور اُس کا شمار لندن کی حسین و جمیل عورتوں میں کرتے ہیں۔

"اِس میں کیا شبہ ہے۔" میں نے ذرا غلو سے کام لیتے ہوئے کہا۔

"میں نے پچپن برس کی ایسی خوبصورت عورت آج تک نہیں دیکھی۔"

"مگر پچپن برس کی۔" حبیبہ نے کسی قدر اُداسی اور تلخی سے کہا۔

میں چپ ہو گیا۔

وہ بولی۔ "میں ایک عرصہ تک اپنی عمر کے خلاف لڑتی رہی۔ شامپو اور ہیئر آئل۔ کریم اور روز، بجلی، پانی، بھاپ اور مالش، وہ سب کچھ جو لڑائی میں جائز ہے۔ میں نے کیا۔ اور میں کیوں نہ کرتی۔ جو جس کے پاس ہوتا ہے اُسے سنبھال کے رکھنا چاہتا ہے۔ میرے پاس تو میرا حُسن تھا۔ تو پھر میں اُسے سنبھال کے رکھنے کی کوشش کیوں نہ کرتی۔ مگر یہ وقت کی چھلنی کیسی ظالم ہے۔ بوند بوند کر کے حُسن بہہ جاتا ہے۔ آخر میں

صرف چھلنی کے سوراخ رہ جاتے ہیں"

"کیا تمھیں اپنے بچوں سے محبت نہیں ہوئی؟"

"ہوئی۔ بڑے پیارے بچے تھے۔ جب تک میرے پاس رہے اور اب بھی اُن کے خط آتے ہیں۔ مگر اب اس عمر میں تجزیہ کرتی ہوں تو معلوم ہوتا ہے کہ مجھے اپنے حُسن کے سوائے کسی سے محبت نہیں رہی۔ کسی شوہر سے نہیں۔ کسی دوست سے نہیں، کسی بچے سے نہیں۔ کسی سے بھی اتنی محبت نہیں رہی جتنی مجھے اپنے حُسن سے رہی۔ میں کبھی ماں نہ بن سکی۔ حبیبہ ہی رہی۔"

"شاید یہ اس طرح کی محبت ہے جیسے کسی فن کار کو اپنے فن سے ہوتی ہے۔" میں نے کہا۔

"ہاں۔ مگر فرق ہے۔" حبیبہ بولی "فن کار کا فن اُس کی زندگی کے ساتھ جاتا ہے۔ حُسن راستے ہی میں چھوڑ جاتا ہے۔ یہ اب معلوم ہوا۔"

"اگر حُسن سے تمھاری مُراد جلد کی تازگی ہے۔ اگر حُسن سے تمھاری مُراد صرف آنکھوں کی چمک سے ہے۔ روح کی تازگی سے اور دل کی چمک سے نہیں ہے تو تم سچ کہتی ہو۔ لیکن ایک حُسن اندر کا بھی ہوتا ہے اگر آدمی کوئی مرد یا عورت... وہ حسن اور توازن اپنے اندر حاصل کرلے تو کبھی بڑھاپا نہیں آتا۔ میں نے بالشائے تھیٹر میں پچاس برس سے زیادہ عمر کی بوڑھی اولانوورا کو سولہ برس کی "نیرل" کردار میں تتلی کی طرح ناچتے دیکھا ہے۔ فنّی توازن نے وقت اور حُسن دونوں کو منجمد کردیا تھا۔"

میں اولانوورا نہیں ہوں۔" حبیبہ خفا ہو کر بولی۔ "میں حبیبہ ہوں، میں اِس قدر چاہی گئی ہوں کہ میں کبھی اپنے باہری حُسن کو نہیں بھول سکی۔ بھولنے کی کوشش بھی کی تو کسی نے بُھلانے نہیں دیا۔"

" حبیبہ!" میں نے اس تلخی کو دور کرنے کی کوشش کرتے ہوئے کہا۔ "جس دن میں نے تمھیں پہلے پہل دیکھا تھا۔ اُس دن تم سے عشق کرنے کا خیال آیا تھا۔ مگر اُس وقت میں بے حد نوعمر تھا۔ اور اب۔!"

"ہاں۔ اور اب؟" اُس نے تیکھی نگاہوں سے میری طرف دیکھتے ہوئے پوچھا۔

"اب بہت دیر ہو چکی ہے۔" میں نے کہا۔

حبیبہ نے کوئی جواب نہیں دیا۔ اُس نے اپنا جام اُٹھا کر اتنے زور سے آتشدان میں پھینک دیا کہ میں اُس کے چھناکے سے اُچھل پڑا۔

"کسی انگریز نے آجتک ایسی بیہودگی سے مجھ سے بات نہیں کی۔" وہ غصہ سے بولی۔ اُس کی آنکھوں میں آنسو تھے۔

"میں انگریز نہیں ہوں۔" میں نے اس کے لئے دوسرا جام بناتے ہوئے کہا۔

"مگر تم نے انگلستان میں رہ کر کسی انگریز سے شادی کیوں نہیں کی؟"

"کی تھی۔" وہ اپنے آنسو پونچھ کر بولی۔ "وہ ایک انگریز سائنس داں تھا اور بہت شریف۔ غائب دماغ اور بے ضرر آدمی تھا۔ مگر اُس میں ایک ہی بُرائی تھی وہ میرے تلوے چاٹتا تھا۔"

"تلوے۔؟"

"ہاں واقعی! دن میں دو ایک مرتبہ وہ ضرور میرے ننگے تلوؤں پر اپنی زبان رکھ کر چاٹتا تھا۔ اُسے مزہ آتا تھا۔ مگر مجھے بڑی گھِن آتی تھی۔ ایسا لگتا تھا جیسے کوئی بھینس میرے قریب بیٹھی جُگالی کر رہی ہے۔"

وہ رُک کر مسکرائی اور مسکرا کر زور سے ہنسی اُس کی ہنسی کا فوارہ کمرہ میں فانوس کی طرح روشن ہو اُٹھا۔

"تین ماہ کے بعد میں نے اُسے طلاق دیدی۔"

"پھر کیا ہوا؟"

"پھر چند پھٹکل عاشق۔"

"اور اب؟"

"اور اب۔!" اُس نے مجھ سے کہا۔ "چلو دوسرے کمرے میں!"

جب ہم دوسرے کمرے میں پہنچے تو کمرہ فرش سے چھت تک تصویروں سے پٹا پڑا تھا۔ ایزال پر ایک ادھوری تصویر تھی۔ رنگ اور بُرش بے ترتیبی سے پڑے تھے۔ اور

دیواروں پر چھوٹے بڑے کینوس ٹنگے تھے۔

بڑی بھیانک تصویریں تھی اور سب میں ایک ہی چہرہ تھااور ایک ہی جسم تھا۔ حبیبہ کا اپنا۔ کبھی چیچک زدہ۔ کبھی زخم خوردہ۔ کبھی خون اور پیپ سے لتھڑا ہوا۔ ایک آنکھ باہر نکل کر لٹکی ہوئی۔ کبھی ناک طوطے کی طرح مڑی ہوئی۔ کبھی چینیوں کی طرح پچکی ہوئی۔ کبھی ہونٹ پھٹے ہوئے۔ کبھی دانت غائب۔ کبھی ہڈیوں کا پنجر، کبھی سوکھی کھال میں ایک ایک پسلی نمایاں۔ مگر ان سب تصویروں میں حبیبہ کے سوائے کوئی نہ تھا۔

"مجھے قادر یار نے بتایا تھا۔" میں نے حبیبہ سے کہا۔ "کہ تم تصویریں بناتی ہو مگر کسی کو دکھاتی نہیں ہو۔"

"میں تمہیں یہاں تصویریں دکھانے کیلئے نہیں لائی تھی۔ اپنے شوہر سے ملانے کے لئے لائی تھی۔"

"تمہارا شوہر؟" میں نے حیرت سے پوچھا۔

"ہاں۔" وہ بولی۔ "آؤ تم کو ملادوں اپنے نئے شوہر سے..."

اتنا کہہ کر وہ مجھے تصویروں سے ہٹتے ہوئے ایک کونے میں لے گئی۔ یکایک میں ڈر کے مارے پیچھے کو ہٹ گیا۔

میرے سامنے ایک بہت بڑا پائی تھن پڑا تھا۔ بہت موٹا اور کئی فٹ لمبا اجگر۔ کنڈلی مارے ایک کونے میں نیم مدہوش لیٹا تھا۔

اُس رات حبیبہ نے ہمیں سوہو کی ایک نائٹ کلب میں سپر پر مدعو کیا تھا۔ مجھے اور میرے دوستوں کو۔ میں نے قادر یار۔ من موہن اور اُس کی بدصورت یونانی لڑکی کو مدعو کر لیا تھا۔ قادر یار اور من موہن یہ دیکھ کر بہت حیران ہوئے کہ میری حبیبہ ایسی عورت سے شناسائی ہے۔ جو ایک امیر و کبیر عورت ہے۔ جس کا شمار دس پندرہ برس تک لندن کی حسین ترین عورتوں میں ہوتا رہا ہے۔ جو کئی بار شاہی خاندان کی مہمان رہ چکی ہے۔ اُس حبیبہ نے آج ہمیں سپر پر بُلایا ہے...؟"

"جی ہاں۔" میں نے ایسی سادگی سے کہا۔ جس پر فخر کا شبہ بھی ہو سکتا تھا۔

۵۵

ہم لوگ وقت پر پہنچ گئے تھے۔ مگر حبیبہ ابھی تک نہیں آئی تھی۔ مگر ہمارا ٹیبل ایک خوبصورت کونے میں سجا ہوا تھا۔ جہاں ویٹر نے ہمیں لے جا کر بٹھادیا۔ میں نے پائی تھن والا قصہ اپنے یاروں کو سُنایا۔ قادر یار تو گہری سوچ میں پڑ گیا۔ مگر من موہن کو ذرا بھی حیرت نہ ہوئی۔

"اس میں تعجب کی بات کیا ہے؟" من موہن اپنی بد صورت محبوبہ کا ہاتھ اپنے ہاتھ میں لے کر بولا۔ "ہر انسان کی زندگی میں ایک مقام آتا ہے جب وہ ایک پائی تھن پال لیتا ہے۔ اپنے ماحول سے بیزاری کی ایک صورت یہ بھی ہے کہ آدمی جس کے ساتھ رہنے پر مجبور ہو جائے اُس کا مُنہ چڑاتا رہے۔ جیسے میں اِس لڑکی کا مُنہ چڑاتا ہوں ۔ بیزاری اور نفرت بھی ایک طرح کا پائی تھن ہے ہر نفرت کی دُم لمبی ہوتی ہے۔ اور اُس میں زہر بھی ہوتا ہے"

قادر یار بولا۔ "اب میں یہ سمجھنے پر مجبور ہو گیا ہوں کہ فزکس کا قانون کہ ہر عمل کا ردِ عمل بھی ہوتا ہے اور برابر اُسی شدّت سے ہوتا ہے۔ صرف فزکس کی دُنیا ہی میں نہیں نفسیات کی دُنیا میں بھی لاگو ہوتا ہے۔ جب انسان اپنے ماحول، اپنی زندگی اور اُسکی ترتیب سے مایوس ہوتا ہے، تو باطنی توازن بگڑ جاتا ہے، پھر اُس توازن کو سنبھالنے کے لئے اُس ذہنی گھٹن کو راستہ دینے کیلئے انسان کیا کیا جتن کرتا ہے۔ وہ ایک پائی تھن پال لیتا ہے، کوکین کھاتا ہے، بھیانک مصوری کرتا ہے۔ چرس کے دم لگاتا ہے۔ ماؤنٹ ایورسٹ پر چڑھتا ہے اور دس ہزار آدمیوں کے سامنے دو گھنٹے بکواس کرتا ہے، یا بور پر بور افسانے لکھے چلا جاتا ہے، یا ہر روز کسی نئی لڑکی سے عشق کرتا ہے۔ اور اگر اُسے یہ سب کچھ نصیب نہیں ہوتا تو گھر آ کر اپنی بیوی کو گالی دیتا ہے اور اپنے بچّوں کو پیٹنے پر مجبور ہو جاتا ہے۔"

"تم نے جتنی باتیں کہیں۔" میں نے قادر یار سے کہا۔ "اُس میں سے صرف ماؤنٹ ایورسٹ پر چڑھنے والی بات مجھے پسند آئی یعنی گھٹن کے اظہار کے بھی کئی طریقے ہیں۔ اپنے ماحول سے بیزاری کا اظہار کسی کو گالی دینے میں کیوں ہو، ماؤنٹ ایورسٹ پر چڑھنے کی کاوش میں کیوں نہ ظاہر ہو۔؟"

۵۶

"تم تو ہر بات میں ساجیت گھسیٹ لاتے ہو!" من موہن خفا ہو کے بولا۔

پھر رُخ بدل کر اپنی محبوبہ سے پوچھنے لگا۔

"پائی تھن کے بارے میں تمہارا کیا خیال ہے؟"

"کھا جائے گا!" یونانی لڑکی بولی۔

ہم سب ہنسنے لگے۔ وہ بھی ہنسی۔ (کتنی بھیانک ہنسی تھی، کیسے میلے اور پیلے پیلے دانت تھے) پھر بولی۔

"مگر ایک طرح سے اچھا ہے۔ دوسرے لوگ ٹکڑے ٹکڑے کر کے مہینوں اور سالوں میں اپنی بیوی کو کھاتے ہیں۔ یہ پائی تھن ایک ہی جھٹکے میں حبیبہ کو نگل جائے گا۔ ایک بار مرنا اچھا ہے۔ ہزار بار مرنے سے..."

کیسی خوفناک شدّت تھی اِس لڑکی کی باتوں میں۔ اُس کے چہرہ کا رنگ بدل گیا۔ اب وہ مجھے کچھ کچھ خوبصورت معلوم ہونے لگی۔ کیوں کہ ذہانت بھی چہرہ کو بدل دیتی ہے۔ پھر بدصورتی نکل جاتی ہے۔ جھرّیاں اور شکنیں غائب ہو جاتی ہیں اور عمر گم ہو جاتی ہے۔ صرف ایک روشن خیال کا روشن تاثر چہرہ پر دمکتا رہ جاتا ہے۔

حبیبہ نے یہی غلطی کی۔ اُس نے اپنے حُسن کا اِس قدر اہتمام کیا۔ زندگی بھر وہ اپنے گالوں کے گلاب کھلاتی رہی۔ اور بھول گئی اُن گلابوں کو جو دل کی ٹہنی پر اُگتے ہیں۔ جو ایک معمولی نارمل عورت کی آرزو ہے۔ مامتا، رفاقت، شوہریت، ایثار، کسی میں خود کو کھو دینے کی تمنا۔ کسی کو اپنا سب کچھ دے دینے کی آرزو۔ حبیبہ بھول گئی کہ عارض کے گلاب مرجاتے ہیں۔ لیکن آرزو کے گلاب سدا زندہ رہتے ہیں...

یکایک نائٹ کلب کا دروازہ کھلا۔ اور ہم سب اُدھر دیکھنے لگے۔

حبیبہ نائٹ کلب کے دروازہ پر کھڑی تھی۔

آنکھیں گہرے کاجل سے سنوری ہوئیں۔ چہرہ گہرے میک اَپ سے درخشاں۔ گلے میں ہیرے کا گلوبند جھم جھماتا ہوا۔

اُس نے اپنا ہاتھ ایک ایسے انگریز کو دے رکھا تھا۔ جس کی عمر مشکل سے بائیس برس کی ہوگی۔!

لندن کی چھٹی شام

جب حبیبہ ہماری میز پر بیٹھ چکی تو میں نے اُس انگریز لونڈے کی طرف دلچسپی کی نگاہوں سے دیکھتے ہوئے کہا۔

"اِس گلفام سے تعارف تو کراؤ!"

"اِس کا لکھپتی باپ مر چکا ہے۔!" وہ بولی۔

من موہن بولا۔ "یہ بھی ایک اچھا تعارف ہے اور اپنی جگہ پر بہت خوب ہے"

وہ بولی۔ "یہ شاعر ہے"

"شاعر بچہ کہو۔" میں نے کہا۔

قادر یار بولا۔ "میں نے سُنا تھا آپ شاعر بچے پالتی ہیں۔ آج دیکھ بھی لیا۔"

وہ بولی۔ "یہ شاعر بچے پالتا ہے۔ میں نہیں پالتی ہوں!"

"وہ کیسے؟" من موہن نے پوچھا۔

شاعر ہونے کے علاوہ یہ پبلشر بھی ہے۔ اور انگلینڈ کے سب سے مشہور "بیٹ نِک" (Beatnik) شاعروں کے دیوان چھاپتا ہے۔"

پبلشر کا نام سنتے ہی میں ذرا سنبھل کر بیٹھ گیا۔

اب تک جتنی گفتگو ہوئی تھی۔ انگریزی کے بجائے اپنی زبان میں ہوئی تھی۔ اس دوران وہ انگریز نوجوان دھیرے دھیرے ہم سب کی طرف دیکھ کر مسکراتا رہا۔ عجیب شرمیلی اور جھینپو مسکراہٹ تھی۔

" تھامس بلفورڈ!" حبیبہ نے اُس کا تعارف کرایا۔ اتنے میں ویٹر آگیا۔ اور حبیبہ سب کے لئے شرابوں کا آرڈر دینے لگی۔

"تم کیا پیو گے ؟" اُس نے مجھ سے پوچھا۔

"سُنا ہے ایک ہنگرین شراب ہوتی ہے۔" میں نے کہا۔ "اِس کا ذکر میں نے یوروپی ادب میں بہت پڑھا ہے۔ جب بھی کوئی یوروپی عاشق اپنی محبوبہ کو کسی ہوٹل میں کھانے پر مدعو کرتا ہے اکثر اسی شراب کا آرڈر دیتا ہے!"

"توکئی؟" (Tokay?)

"ہاں!"

"تو آج تم توکئی پیو گے۔ جبکہ آج میں تم کو توکئی میں نہلادوں گی۔" حبیبہ نے فیصلہ کُن انداز میں کہا۔

میں نے اپنے سینے پر ہاتھ رکھ کر اور جھک کر اُس کا شکریہ ادا کیا اور پوچھا۔

"کیا بات ہے آج اِس قدر خوش کیوں نظر آرہی ہو؟"

وہ بولی۔ آج شام کی ڈاک سے مجھے میرے دو سابق شوہروں کے خط ملے ہیں۔"

"پھر۔؟"

"وہ مجھے واپس بُلا رہے ہیں!"

"پھر ؟"

"عجیب مسرت آمیز اُلجھن سی ہے۔" وہ بولی۔ "یہ جان کر خوشی ہوتی ہے کہ میں اب تک اُن کو اِس قدر پسند ہوں۔ اُن کے دل میں ہوں۔ میری یاد وہ اب تک بُھلا نہیں سکے۔ مگر یہ فیصلہ نہیں کر سکتی۔ کیا کروں؟ جاؤں کہ نہ جاؤں؟۔ اور جاؤں تو کِس کے پاس جاؤں؟"

"اُس کے پاس جاؤ جو دونوں میں سے بدصورت ہو۔" من موہن بولا۔ "پختہ کار حُسن کے قدر ایسے آدمیوں کے دل میں بہت ہوتی ہے۔"

"دونوں خوش شکل ہیں!" حبیبہ بولی۔

"تو اُس کے پاس جاؤ جو دونوں میں سے زیادہ بیمار رہتا ہو!"

"صحت دونوں کی اچھی ہے" حبیبہ نے یاس و حسرت سے ہاتھ ملتے ہوئے کہا۔

"تو اُس کے پاس جاؤ۔ جو ذرا دبو ہو اور جس پر تم حکومت کر سکو۔" میں نے مشورہ دیا۔

"دونوں ہی دبو ہیں اور انتہائی بیوی پرست۔ سمجھ میں نہیں آتا کیا کروں؟"

تھامس بلفورڈ بولا۔ "یہ کرو کہ چھ مہینے ایک کے پاس رہو، چھ مہینے دوسرے کے پاس۔ پھر کوئی فیصلہ کرو۔"

"ٹام۔!" حبیبہ بناوٹی غصہ سے چلائی۔ مذاق مت کرو۔ یہ بہت سنجیدہ معاملہ ہے۔" مگر اتنا کہتے کہتے خود حبیبہ کی ہنسی چھوٹ گئی!

اتنے میں ویٹر شرابیں لے آیا۔ میں نے حبیبہ سے کہا۔

"پہلا جام تو کئی کا تم میرے ساتھ پیو۔"

"بہت اچھا۔" کہہ کر حبیبہ نے تو کئی کی بوتل اُٹھالی۔

تو کئی جام میں دھیرے دھیرے اُترنے لگی۔ جیسے کوئی حسین دوشیزہ سحر آمیز دھندلکے میں دھیرے دھیرے قریب آرہی ہو۔ جیسے کسی پُرانے شاہی تاج سے چُرایا ہوا یاقوت دھیرے دھیرے بلور کے پیالے میں پگھل جائے۔ پھر کانچ سے کانچ ٹکرائے ۔ تو کئی ہونٹوں سے زبان پر جانے لگی۔ ایسا لگا جیسے صبح دم سورج کی کرنیں سیال ہو گئی ہوں۔"

"ہوں۔!" حبیبہ نے ہونٹ بند کیے۔ گھونٹ کا مزا لیتے ہوئے مجھ سے آنکھوں ہی آنکھوں میں پوچھا۔

"ہوں۔" میں نے جام سے حبیبہ کی آنکھوں میں دیکھتے ہوئے تصدیقی انداز میں سر ہلا دیا۔

پھر یکایک روشنیاں گل ہو گئیں۔ اور ایک اسپاٹ لائٹ خالی اسٹیج پر تیرنے لگی اور نغمہ تیز ہو گیا۔

پھر اسپاٹ لائٹ نے ایک نیلیگوں بلاؤز اور گہرے نیلے رنگ کی جینز پہنے ہوئے ایک لڑکی کو اپنے ہالے میں لے لیا۔ ڈانس کچھ اس قسم کا تھا جیسے ایک لڑکی گہرے پانیوں میں ڈوب رہی ہو۔

پھر یکایک اسپاٹ لائٹ کے اندر ایک جال چمکا اور لڑکی پر جا گرا۔ لڑکی جال میں پھنس گئی۔ پھر پہلے اسپاٹ لائٹ کے کچھ فاصلے پر دوسرا اسپاٹ لائٹ کا گھیرا نظر آیا۔ اِس اسپاٹ لائٹ کے اندر ایک رقاص مچھیرے کا لباس پہنے کھڑا تھا۔ اور تھرکتے تھرکتے جال کھینچ رہا تھا۔

لڑکی جال میں اُلجھی ہوئی، اُلجھے ہوئے بھاؤ بناتی ہوئی، ناچتی ہوئی، دھیرے دھیرے مچھیرے کی طرف گھسٹتی جارہی تھی۔

پھر دونوں اسپاٹ لائٹ ایک ہوگئے۔ اور جال مچھیرے کے ہاتھ میں آگیا۔

مچھیرے نے مچھلی کو دیکھا۔ جال سے نکالا۔ مسکرایا، اُس کے گرد ناچا۔ پھر اُس نے مچھلی کو ہاتھ لگایا۔ مچھلی تڑپ کر الگ ہوگئی۔ مچھیرے کو غصہ آیا۔ اُس نے پھر پکڑنا چاہا۔ مچھلی پھر پھسل گئی۔ گت تیز ہوگئی۔ مچھیرے نے چاقو نکال لیا اور غصہ سے آگے بڑھنے لگا۔ اور مچھلی کے گرد چکر کاٹنے لگا۔ ہر بار مچھلی اُس کے ہاتھ سے، اُس کے چاقو کے وار سے بچ جاتی تھی۔ تماشائیوں کی سانس تیز ہوگئی یکایک چاقو کا ایک وار لڑکی کے شانے پر پڑا۔ اور شانے سے خون بہنے لگا۔ اور اُس کا بلاؤز شانے سے پھٹ گیا۔ پھر دوسرے شانے سے بلاؤز پھٹ گیا۔

پھر مچھیرے نے ناچتے ہوئے چاقو زمین پر گرادیا۔ اور بڑی تیزی سے ناچتے ہوئے اُس نے مچھلی کو چیخ مار کر دبوچ لیا۔ اپنے ناخنوں سے اُس نے مچھلی کے بلاؤز کو جگہ جگہ سے پھاڑ ڈالا۔ لڑکی نے اپنے ننگے پستان جُھلائے اور مست ہوکر اُس کی بانہوں میں ناچنے لگی۔ ناچ کے آخری چکر پر مچھیرے نے ایک وحشیانہ جھٹکے سے ادھ ننگی لڑکی کو اُٹھا کر اپنے کاندھے پر لاد لیا اور تاریکی میں غائب ہوگیا۔

ایک لمحہ کیلئے ہال میں سناٹا رہا۔ پھر تماشائی زور زور سے تالیاں بجانے لگے۔ نغمہ

ختم ہو گیا۔ ہال کی روشنیاں واپس آ گئیں۔ روشنیاں واپس آتے ہی میں نے دیکھا، قادر یار رومال سے اپنے ماتھے کا پسینہ پونچھ رہا ہے۔

نائٹ کلب سے نکل کر ٹام نے مشورہ دیا۔ "رات ابھی جوان ہے۔ کیوں نہ پب کرالنگ۔(Pub-Crawling) "کی جائے

سب نے اِس تجویز پر صاد کیا۔ پب کرالنگ بہت آسان ہے. بہت مہنگا، مگر بے حد مزے دار کھیل ہے۔ ایک پب یعنی شراب خانے سے دوسرے شراب خانے میں جاتے ہیں۔ اور پھر دوسرے پب کو رخصت ہو جاتے ہیں۔

"ایک شرط پر۔!" میں نے کہا۔ "میں صرف ٹوکئی پیوں گا!"

"تم ہی نہیں سب ٹوکئی پئیں گے۔" ٹام بولا۔ "اور آج کی رات کی ٹوکئی کا سارا خرچ میرے ذمّے ہے!"

پہلا پب جو ملا وہ عجیب و غریب ہیئت کا تھا۔ یعنی ایک تہہ خانے کی صورت میں جہاں شراب رکھی جاتی ہے (لندن میں ایسے کئی پب ہیں) کرسیوں کی جگہ کھردرے اسٹول اور میز کا سمک نما۔ جن میں بیئر رکھی جاتی ہے۔ اور صرف دو دیوار گیر روشنیاں پرانی لالٹینوں کیطرح لگی ہوئیں۔ ایک دیوار سے ایک چوبی سیڑھی لگی تھی۔ جس کے زینوں پر اکڑوں بیٹھے ہوئے انگریز شراب پی رہے تھے۔

جب ٹوکئی آگئی تو میں نے ٹام سے پوچھا۔ "کیا وہ چاقو کا زخم اصلی تھا؟"

"نہ زخم اصلی تھا۔ نہ خون۔" ٹام ذرا سا جھینپ کر بولا۔ "محض ایک کھیل تھا۔"

میں نے کہا۔ "اِن چار سو سالوں میں یورپ کی تہذیب کہاں سے کہاں پہنچ گئی ہے۔ پہلے نقاب والے ناچ پاپولر ہوتے تھے۔ ہولے ہولے نقاب اُتر گیا۔ پھر گھیر دار ڈریس غائب ہو گئے اور چست لباس فیشن میں آئے جس میں جسم کا ایک ایک عضو نمایاں ہو۔ پھر اس چست لباس سے بھی تسکین نہ ہوئی تو دھیرے دھیرے لباس اُترنے لگا۔ اُترتے اُترتے بالکل غائب ہو گیا۔ مگر عورت کا ننگا بدن دیکھ کر بھی تسکین نہ ہوئی۔ اب وحشت سے عورت کو دبوچا جاتا ہے اور چاقو کے وار سے جب تک اُس کے بدن

سے خون نہ نکلے، دیکھنے والوں کی تسکین نہیں ہوتی۔ اگلا قدم کیا ہوگا۔؟

"شاید روم کے Gladiators کی طرح تماشے ہوں گے۔ جس میں نعلی خون نہیں نکلے گا۔ اصلی شیر سے اصلی آدمی کو لڑادیا جایا کرے گا۔ اور جب شیر آدمی کو پھاڑ پھاڑ کے ٹکڑے ٹکڑے کر دے گا۔ تو رومنوں کی طرح اسٹیڈیم میں بیٹھے ہوئے ہزاروں تماشائی فرط مسرت سے اُچھل کر تالیاں بجایا کریں گے۔" قادریار تلخی سے بولا۔ "وہ۔ اقبالؔ نے جھوٹ نہیں کہا تھا... یہ تہذیب اپنے ہی خنجر سے خودکشی کرے گی...!"

"اس ایک تہذیب پر کیا موقوف ہے۔ ہر تہذیب کا زوال یونہی شروع ہوتا ہے۔ یاد کرو وہ انسانی کھوپڑیوں کا مینار جو چنگیز خاں نے بنایا تھا۔ اور دور کیوں جاؤ اپنے ہی وطن ہندوستان میں یاد کرو وہ زمانہ۔ وہ وِش کنیاؤں کا زمانہ۔ مشرق نے بھی وحشت اور بربریت کے باب میں سے کیسے کیسے نازک گل بوٹے اُبھارے ہیں۔" من موہن بولا۔

"وِش کنیا کس کو کہتے ہیں؟" ٹام نے پوچھا۔

"اپنے عظیم اقتدار کے زمانہ میں، جسے ہم لوگ اپنی تاریخ کا سنہری یگ کہتے ہیں۔ ہندوستان کے بڑے بڑے مہاراجہ وِش کنیائیں پالتے تھے۔

ایک خوبصورت لڑکی کو لے کر اُسے بچپن ہی سے زہر کھانے کی تربیت دی جاتی تھی بھنگ، افیم اور دھتورے سے شروع کر کے ہولے ہولے اُسے سنکھیا تک پہنچادیا جاتا تھا۔ پھر سنکھیا کے بعد اُسے ہولے ہولے کم زہر والے سانپوں سے کٹوایا جاتا تھا۔ پھر کم زہر والے سانپوں سے وہ زیادہ خطرناک زہر والے سانپوں پر آتی تھی! اس تربیت کے دوران کئی لڑکیاں مر بھی جاتی تھیں۔ مگر دو تین ایسی بچ جاتی تھیں جو خطرناک سے خطرناک زہر ہضم کر جاتی تھیں۔ پھر ایک مقام وہ آتا تھا، جہاں پر وِش کنیا سانپ کو کاٹتی تھی اور وِش کینا کے زہر سے سانپ مر جاتا تھا۔"

"ناممکن۔!" ٹام حیرت سے بولا۔

"تاریخ میں بار بار وِش کنیاؤں کا حوالہ ملتا ہے۔ جس لڑکی کے کاٹنے سے سانپ

مر جائے وہ صحیح معنوں میں وِش کنیا بن جاتی تھی۔ یہی حسین و جمیل لڑکیاں رقص و موسیقی کے باب میں بھی طاق کر دی جاتی تھیں، اور مردوں کو لبھانے کے سب عشوے اُنہیں سِکھا دیئے جاتے تھے!"

"پھر۔؟" ٹام نے پوچھا۔

"پھر اپنے دشمن کو ختم کرنے کے لئے یہ وِش کنیا کسی طرح سے اُس کے پاس بھجوا دی جاتی تھی۔ جہاں وِش کنیا نے اُس مرد کو اپنی محبت میں اُلجھا کر اُسے اپنی طرف مائل کیا، ختم۔ پہلے ہی بوسے میں ختم۔"

"اوہ!" ٹام نے تعریفی لہجہ میں کہا۔ "مغرب آج بھی مشرق کے مقابلہ میں کس قدر crude ہے۔!"

ہر پب میں شرابیں تو وہی ہوتی ہیں۔ مگر پب کا ڈیزائن اور اُس کی سجاوٹ مختلف ہوتی ہے۔ پیکاک بار میں پب کا سارا منظر ہندوستانی تھا اور دیواروں پر ہندوستان کے جنگلوں سے شکار کئے گئے جانوروں کے سر ٹنگے تھے۔

"اگر اِن دیوراوں پر اُن ہندوستانیوں کے سر کاٹ کر لگا دیئے جاتے جنہیں انگریزوں نے آزادی کے جرم کی پاداش میں پھانسی پر لٹکا دیا تھا تو اِس پب کی اور انگریزی سلطنت کی تاریخ مکمل ہو جاتی!" میں نے کہا۔

"ہش!" من موہن نے میرے مُنہ پر ہاتھ رکھ کر کہا۔ "کیوں پارٹی کا لُطف کِر کرا کرتے ہو؟"

میں چُپ ہو گیا۔

پیکاک بار میں میری ملاقات ایرک ٹامپے سے ہوئی۔ چندیا صاف۔ کنپٹیوں پر سفید بال۔ عمدہ لموترا مسکراتا ہوا سُرخ شرابی چہرہ۔ مہربان اور گھلتا ہوا۔ چند ہندوستانیوں کو دیکھ کر وہ ہمارے پاس آ بیٹھا اور بہت جلد ہم سے گھُل مل گیا۔ وہ پُرانا پنشن یافتہ آئی سی ایس تھا۔ اور آزادی سے پہلے روہیلکھنڈ ڈویژن کا کمشنر تھا۔

"میں روزرات کو اِسی بار میں آتا ہوں۔!" اُس نے مجھے بتایا۔

"کیوں؟"

"ہندوستان بہت یاد آتا ہے۔"

"تمہارا ملک بہت غریب ہے۔" میں نے اُس سے کہا۔

"تمہارا ملک بہت امیر ہے۔" وہ بولا۔

"مذاق مت کرو۔ زخموں پر نمک مت چھڑکو!"

"مذاق نہیں کرتا ہوں۔" ایرک بولا۔ "بہت سنجیدگی سے سوچ سمجھ کر کہتا ہوں اور تمہارے ملک کی غریبی اور اپنے ملک کی امیری کا مقابلہ کر کے کہتا ہوں کہ مشینوں پر مت جاؤ۔ ہمارے ملک میں مشینیں بہت ہیں۔ مگر کیا تم مشینوں کو کھا سکتے ہو؟ اس بار کو دیکھو۔ یہاں کھانے کو کیا ملتا ہے۔ سوکھی مونگ پھلی اور آلو کے خشک قتلے۔ کہاں ہیں وہ کباب سیخ اور شامی تکّے اور ہانڈی کے کباب اور دھاگے کے کباب اور..." ایرک نے کوئی ایک درجن چٹ پٹے کبابوں کے نام گنوا دئے۔ اُس کے منہ میں پانی بھر نے لگا!

"ہندوستان میں کتنے لوگ کباب کھاتے ہیں؟" میں نے اُس سے پوچھا۔

"ہندوستان بے حد غریب ملک ہے۔ مگر ہندوستان میں آج بھی تم دو آنے کے چنے کھا کر پیٹ بھر سکتے ہو۔ چھ آنے میں اڈلی سانبھر۔ سادہ دوسا اور وڈا کھا کر مزے سے ڈکار لے سکتے ہو۔ آٹھ آنے میں ویشنو تھالی آتی ہے۔ جس میں تین طرح کی بھاجیاں آتی ہیں۔ یہاں آٹھ آنے میں تم پیشاب نہیں کر سکتے۔ سردیوں میں باتھ روم کا فلش جم جاتا ہے۔ اور پیشاب کرنے کیلئے بھی فلش کے میٹر میں ایک شلنگ ڈالنا پڑتا ہے۔ ایک شلنگ پیشاب کرنے کے لئے! اور تم ہماری امارت پر رشک کرتے ہو۔ مگر تمہارے ملک میں ایسا آسمان ہے سارے یورپ میں ایسا نہیں۔ یہاں مہینوں سورج کی صورت دکھائی نہیں دیتی۔ اور سال میں ایک فصل ہوتی ہے اور تمہارے ہاں دو، بلکہ تین تین فصلیں ہوتی ہیں۔ یہاں راتوں کو لوگ سردی سے ٹھٹھرتے ہیں اور سردی سے بچنے کیلئے روز شراب پیتے ہیں۔ اور ترس جاتے ہیں سورج کی ایک کرن کو،

اور مہینوں نہا نہیں سکتے اور اندر سے وہی غلیظ انڈر ویئر پہنے اوپر سے ہاتھ مُنہ دھو کر، کریم پاؤڈر سے اپنے اندر کی غلاظت چُھپانے کیلئے مجبور ہیں مجھے روہیل کھنڈ کی ندیاں یاد آتی ہیں۔ جہاں میں کسی بھی موسم میں نہا سکتا تھا اور کھلے آسمان کے نیچے سو سکتا تھا۔

اور کپڑا کتنا سستا ہے تمہارے ملک میں۔ وہاں میرے پاس درجنوں سوٹ تھے۔ اور الماریاں بھری ہوئیں تھیں کپڑوں سے۔ یہاں میرے پاس دو سوٹ ہیں۔ ایک دن کو پہننے کیلئے۔ ایک رات کو بار میں جانے کیلئے۔ اور صرف تین قمیضیں۔ سمجھتے ہو۔ صرف تین قمیضیں اور دو سوٹ۔ اور اِسی میں ایک عام کھاتے پیتے انگریز کی زندگی گزر جاتی ہے۔ برف کی طرح باسی ٹھنڈا گوشت۔ سال بھر سے ڈیپ فریز Deep Freeze میں رکھا ہوا۔ اور آلو۔ صبح آلو۔ دوپہر آلو۔ شام آلو۔ اور رات کو آلو۔ آلو کھا کھا کر میرے سارے جسم میں نشاستہ بھر گیا ہے۔ اور کہاں ہیں وہ تمہارے ملک کے دسہری۔ اور الفانزو۔ لنگڑا اور سفیدا، چونسہ اور ثمر بہشت۔ تمہارے ملک میں ایک غریب سے غریب آدمی بھی جنگل کے آم کھا کر چار مہینے زندہ رہ سکتا ہے۔

اِس یخ بستہ رات کو دیکھو جسے الکوحل کی مصنوعی گرمی سے پگھلایا جا رہا ہے۔ پھر لکھنؤ کی گرم شاموں کو یاد کرو۔ جب لان سے سوندھی سوندھی مٹی کی بو آتی ہے اور سفید براق چکن کے کرتے اور سپید بھک پائجامے پہنے مرد حقہ گڑگڑاتے ہیں۔ اور بیگمات نیلے، پیلے، اودے، نارنجی غرارے پہنے ہوئے شمامتہ العنبر کی خوشبو لگائے ہوئے پھولوں کی طرح مہکتی ہوئی ہاتھ بڑھا کر پان پیش کرتی ہیں۔ اور دور اوپر آسمان میں پتنگ اُڑتے ہیں۔ اور ہرے ہرے طوطے پنکھ پھیلائے خوشی سے چہچہاتے ہوئے اُڑتے چلے جاتے ہیں۔ اور یہاں کی فضا میں ہر دم ریڈیو زور زور سے چلاّتا ہے۔ اٹیم بم۔ راکٹ، مزائیل، زہریلی گیس... تُف ہے ایسی زندگی پر...!"

ایرک ناہبے نے جام خالی کر دیا۔ بڑی دِقت سے اُس نے میرے گال پر بوسہ دیا اور بولا۔

"بیٹا! واپس جا کر اپنے وطن کی دھرتی کو میرا سلام کہنا۔ میں نے تمہارے وطن کو تمہارے وطن کے چھوڑنے کے بعد پیار کیا ہے۔۔۔!"

او تھیلوز ایکٹروں، ادیبوں، اور موسیقاروں کا اڈہ ہے۔ جب ہم پہنچے تو کھچا کھچ بھرا ہوا تھا۔ پھر بھی لوگوں نے ہمارے لئے جگہ خالی کر دی۔ اب رات گہری ہو چکی تھی شراب کا رنگ چوکھا تھا۔ اور زبانیں کھل گئی تھیں۔ انگریز کی زبان بڑی دیر میں کھلتی ہے۔ مگر بالآخر کھل جاتی ہے۔ ایک نوجوان ادیب جو شکل و صورت سے بیٹ نک معلوم ہوتا تھا۔ بڑے زور سے ہاتھ چلا کر ایک معمر ادیب سے کہہ رہا تھا۔ "ٹی۔ ایس ایلیٹ اِز اے فراڈ۔ ".T.S. Eliot is a Fraud"

"آف کورس۔!" اُس کی بغل میں بیٹھی ہوئی ایک لڑکی نے اُسی شدت سے کہا۔ اُس لڑکی کے سورج رنگ بال اُس کے شانوں تک لہرا رہے تھے۔ میں صرف اُس کا رخ دیکھ سکتا تھا اور وہ رُخ بہت خوبصورت تھا۔

"ٹی ایس کا فلسفہ ہمارے فلسفہ سے میل نہیں کھاتا۔" وہ نوجوان ادیب پھر بولا۔ "میں مانتا ہوں، جیسا کہ بُدھ نے کہا ہے کہ پہلی سچائی غم ہے، یہ اس بات کو کہنے کا دوسرا طریقہ ہے کہ آخری سچائی بھی غم ہے۔ مگر پہلے غم سے آخری غم کی طرف جاتے ہوئے بیچ میں حیات کا جو وقفہ آتا ہے کیا اُس کے دھندلکے میں خوشیوں کے شرارے نہیں چمکتے ہیں اگر غم ہے تو کہیں پر خوشی بھی ہوگی۔ خوشی حیات کی تخلیق ہے۔ گلاب کے پھول کی خوشی جو اُسے کھلنے سے حاصل ہوتی ہے۔ چڑیا کے پھدکنے کی خوشی انسان کی محبت کی خوشی۔۔۔ ٹی ایس اِن سب سے منہ موڑ کر صرف غم کا۔ Waste Land دکھایا ہے جو حقیقت کا صرف ایک رخ ہے۔"

"آف کورس۔" لڑکی پھر بولی۔

"یہ آف کورس کہنے والی لڑکی کون ہے؟" میں نے جیبہ سے پوچھا۔

"ڈرو تھی گنور۔ نئی نسل کی ایک انگریز شاعرہ ہے۔"

"مگر ایک حقیقت کا تم بھی اعتراف کرو گے۔" وہ بُڈھا ادیب بولا۔ "کہ ٹی۔ ایس

نے اِس عہد کو ایک عظیم شاعرانہ آہنگ سے پیش کیا ہے۔ وہ ذہنی مجہولیت اور انتشار جو دو جنگوں سے پیدا ہوا۔ وہ مایوسی، نفرت اور کھوکھلا پن، انسانی اقدار سے انحراف جو ہمارے عہد کا خاصہ ہے۔ محض خوشی کی تفسیر میں تم اتنی بڑی حقیقت کو کہاں چھپا کے لے جاؤ گے۔ جس نے Waste Land اور Hollow Men کو جنم دیا ہے۔"

"جیسا میں نے کہا۔" وہ نوجوان ادیب بولا۔ "میں غم سے انکار نہیں کرتا۔ میں مایوسی گھٹن اور انتشار سے انکار نہیں کرتا میں تو صرف اس حقیقت کا اعادہ کرنا چاہتا ہوں کہ اگر غم ہے تو کہیں پر خوشی بھی ہوگی۔ ورنہ غم کے معنی کیا۔؟ غم بذاتِ خود اِس امر کی شہادت ہے کہ کہیں پر انسان نے خوشی چکھی ہے، مایوسی انتشار اور انسانی قدروں سے انحراف اِس بات کا بدیہی ثبوت ہیں کہ کہیں پر اُمید باقی ہے۔ ضبط و نظم کا وجود ہے۔ انسانیت کی رجائیت کہیں پر آج بھی زندہ ہے!"

"کہاں پر؟"

"میرے سینے میں!" نوجوان ادیب اپنے سینے پر ہاتھ مار کر بولا۔

"تمہارے سینے میں اور ڈورا کے سینے میں۔" نوجوان ادیب ڈور تھی گمٹور کی طرف اشارہ کرتے ہوئے بولا۔ "یہاں اور تھیلوز میں بیٹھے ہوئے ہر فرد کے سینے میں۔ ... خود ٹی۔ ایس کے سینے میں مسرتِ حیات کا کوندا لپکتا تھا۔ ورنہ شاعری کا مطلب کیا ہے۔ مایوسی مکمل ہے تو پھر انسان زندہ کیوں رہے، خودکشی کیوں نہ کرلے۔ Criterion کیوں شائع کرے۔ ٹی۔ ایس کی طرح ایک چھوڑ، دو شادیاں کیوں کرے فیبر اینڈ فیبر میں ملازمت کیوں کرے، بنک میں اکاؤنٹ کیوں رکھے۔؟ الم ناکی کی تبلیغ کرنے والے ہر قدم پر اپنے کردار سے اپنے فلسفہ کی تکذیب کرتے ہیں۔"

"آف کورس۔" ڈورا ہی بولی۔

کسی دوسرے کونے سے ایک سرخ داڑھی والے موسیقار نے گٹار چھیڑ دیا اور ہولے، ہولے گانے لگے۔ اور ہولے ہولے بہت سے لوگ اُس کے گیت میں شریک

ہو گئے اور بحث گیت میں ختم ہو گئی۔

حبیبہ ٹام بلفورڈ کی بغل میں سمٹ گئی۔ میں نے دیکھا وہ سب سے نظریں چرا کر دھیرے دھیرے اُس کا ہاتھ اپنے گالوں سے لگا رہی تھی۔ ٹام بلفورڈ جھینپتا چلا جا رہا تھا اُس کا ہاتھ حبیبہ کی کمر میں ایسے پڑا تھا۔ جیسے کسی خالی بوتل کو پکڑے ہوئے ہو۔

چند لمحوں کے بعد بحث کرنے والے معمر ادیب نوجوان ادیب اور ڈورتھی گیٹمور نے ٹام بلفورڈ کو دیکھ لیا اور وہ لوگ اپنی جگہ سے اُٹھ کر ہماری طرف آ گئے۔ اور تعارف ہوا۔

"یہ ڈورتھی گیٹمور ہے۔"

"یہ سیموئیل ماٹیگو (نوجوان ادیب) یہ ارنسٹ جانسن (معمر ادیب)"

"ہاؤ ڈو یو ڈو... ہاؤ ڈو یو ڈو۔"

"میں آپ کی بحث بڑی دلچسپی سے سُن رہا تھا۔" میں نے نوجوان ادیب سے کہا۔" آپ غالباً مارکسی ہیں۔"

"نہیں!" وہ نوجوان ادیب بولا۔ "میں مارکسی بیٹ نک ہوں۔"

"اچھا۔" میں حیرت نے سے کہا۔" یہ نئی نسل کی کونسی نئی قسم نکلی ہے۔ کہو۔ آف کورس!" میں نے ڈورتھی گٹمور سے کہا۔

وہ یکایک کھلکھلا کر ہنس پڑی۔ اور بڑی بے تکلفی سے میرے قریب آ کر بیٹھ گئی۔ اور پوچھنے لگی۔

"تم کس زبان میں شاعری کرتے ہو؟"

وہ معمر ادیب میرے جواب دینے سے پہلے ہی بول اُٹھا۔ "اصل حقیقت یہ ہے کہ انگریزی دانشکدہ ابھی تک امپائر کے نقصان کو ہضم نہیں کر سکا ہے، اِس کا دماغ ہل گیا۔ ایلیٹ پہلی جنگ عظیم کی تباہی کی پیداوار ہے تو سیم semuel mantiguo دوسری جنگ عظیم کے نقصان کی۔ دونوں الگ الگ زبان بولتے ہیں۔ مگر بات ایک ہی کرتے ہیں۔ فرق صرف اتنا ہے کہ ایلیٹ کو ایک طرح سے اپنے

عہد سے شکوہ ہے اور وہ ماضی کو لوٹ جانا چاہتا ہے اور سیم کو پرانی نسل سے شکوہ ہے کہ اُس نے برطانوی سلطنت کیوں کھودی۔ مگر وہ یہ بات کبھی کہے گا نہیں۔۔۔"

"نہیں۔!" اب سیموئیل مائیگو دھیمے اور سنجیدہ لہجہ میں بول رہا تھا۔ "شکوہ تو مجھے بھی ہے اور اپنے عہد سے ہے جس نے ہمیں اس قدر اکیلا کر دیا ہے ہم خوشی کے کمزور دھاگے سے لٹکے ہوئے چاروں طرف ہاتھ پاؤں مارتے ہیں جہاں غم کے سوا کچھ نہیں ملتا۔ مگر ہم اپنی تلاش جاری رکھیں گے۔ کہ کیا اس کائنات میں غم کے سوا اور کچھ نہیں ہے:"

میں نے کہا۔ "کبھی میں غم کو معیوب سمجھتا تھا۔ اور اُس سے آنکھیں چراتا تھا۔ اور اُس کی ہستی کا منکر تھا۔ مگر اب غم کی اٹل حقیقت بھی خوشی کی اٹل حقیقت کی طرح میرے سامنے آچکی ہے۔ اب میں غم کو تسلیم کرتا ہوں اور اُسے سینے سے لگاتا ہوں! مجھے اس عہد سے یہ شکوہ نہیں ہے کہ اُس نے ہمیں کوئی عمدہ غم نہیں دیا۔ ایسا دل گداختہ غم، جیسے محبوب کے کھو جانے پر ہوتا ہے۔ یہ ایک چھٹانک آٹے کی روٹی کا غم بھی کوئی غم ہے۔ جس سے دو تہائی انسانی آبادی کی روح گیلے آٹے کی دلدل میں دھنستی چلی جارہی ہے۔"

"ارے محرومی دو تو ستاروں کی محرومی دو۔ یہ چار گز لٹھے کی محرومی بھی کوئی محرومی ہے۔ اس عہد سے مجھے بھی شکوہ ہے کہ اس نے انسان کو کوئی بہت بڑا غم نہیں دیا ہے کوئی بہت عمدہ بھوک نہیں دی کوئی خوبصورت محرومی اور حسین تشنگی عطا نہیں کی۔ زیادہ سے زیادہ یہی کیا۔ کسی کی روٹی چھین لی۔ کسی کو چیتھڑے پہنا دئے۔ ارے یہ تو نہایت خسیس، کمینہ، تنگ نظر اور چھچھورا غم ہے جو تمہارے سماج اور نظام کی فطرت کو بے نقاب کر رہا ہے۔

ارے میں ہوں تمہاری جگہ، تو یوں کروں کہ انسان کو ستارے بھی پہناؤں، تو وہ ننگا محسوس کرے۔ کہکشاں کے سارے جواہر سمیٹ کر اُس کے بستر پر بچھا دوں تو وہ یوں محسوس کرے جیسے وہ فٹ پاتھ پر سو رہا ہے اور اُس کی جھولی میں سورج ڈال دوں تو

لندن کے سات رنگ (ناول) کرشن چندر

۷۰

بھی وہ اپنے آپ کو غریب محسوس کرے۔ ارے غم دیتے ہو تو کوئی ایسا غم تو دو جو انسان کے شایانِ شان ہو!۔"

رات آخری دموں پر ہے۔ آسمان کی سطح سیمیں ہو چلی ہے ڈور تھی کی آنکھیں صبح کے ستاروں کی طرح چمک رہی ہیں۔ میں اُسے گھر تک پہنچانے آیا ہوں اور پورچ کے ستون کی آڑ میں اُس کا بوسہ لیتا ہوں۔

"شب بخیر۔!"

"شب بخیر!"

ڈورا ابھی تک میری بانہوں میں کانپ رہی ہے اور مجھے خیال آتا ہے وقت کے ترکش سے چُرائے ہوئے اُن لمحوں کا کسی پورچ کے ستون کے پیچھے۔ کبھی کبھی پورٹیکو کے سائے میں، کبھی نیم اندھیرے میں خوشبو دیتی ہوئی گلاب کی ڈالیوں کی آڑ میں۔ وہ زندہ تابندہ لمحے جب ایک انسان دوسرے انسان کو پہچان کر اُسے مسرّت نا معلوم بھیجتا ہے خوشی وقت نہیں دیتا ہے خوشی تو انسان کی اپنی تخلیق ہے۔!!!

لندن کے سات رنگ (ناول) کرشن چندر

اٹ

لندن کی ساتویں شام

کیٹ سے میری ملاقات بہت پُرانی ہے۔ ایک دفعہ ۴۷ء کے گلمرگ کے سیزن میں میری ملاقات فیروز پوری نالے پر ہوئی۔ یہ نالہ گلمرگ کے نیچے بہتا ہوا ایک خطرناک جگہ پر ایک گہری ڈاب بناتا ہے۔ کیٹ کو میں نے اسی ڈاب میں سے ایک بوڑھے انگریز مرد کو نکالتے ہوئے دیکھا تھا۔ یہ جگہ آبادی سے دور دو پتھریلے پہاڑوں کے بیچ واقع تھی اور مجھے سیر کرنے کے لئے ایسی جگہیں بہت پسند آتی ہیں۔ جب سورج ڈوب رہا ہو۔ اور دھند پھیل رہی ہو اور خنکی بڑھ رہی ہو۔ اور سائے بکھر رہے ہوں اور رات کو خوشبو نزدیک آتی جا رہی ہو۔ ایسے میں مجھے کسی محبوب کی آمد کا گمان ہوتا ہے۔ ایسے میں مجھے اکیلے، سنسان اور اُجاڑ جگہوں پر سیر کرنا اچھا لگتا ہے۔ شاید اگلے موڑ پر وہ نظر آجائے۔ وہ کون؟

وہ تو نظر نہیں آئی۔ البتہ میں نے کیٹ کو دیکھ لیا۔ جو ڈاب کے گہرے پانیوں میں گویا کسی مگرمچھ سے لڑ رہی تھی۔ میں دوڑتا ہوا ڈاب کے کنارے چلا گیا۔ مجھے دیکھ کر وہ ٹھٹھکی۔ پھر زور سے چلائی۔ ”پانی میں آجاؤ۔ ڈوبتے کو بچالو۔“

میں نے اُس سے کہا۔ ”مجھے تیرنا نہیں آتا۔“

میری بات سُن کر اُس نے زیرِ لب کچھ غصہ سے کہا۔ پھر وہ کوشش کر کے ایک بوڑھے انگریز مرد کے جسم کو کنارے پر لے آئی۔ مرد بُڈھا تھا اور کیٹ بہت خوبصورت تھی۔ اُس کا تنا ہوا، لچکتا ہوا، مچھلی کی طرح پھسلتا ہوا جسم بے حد حسین تھا۔

۷۲

"تمہیں تنفس جاری کرنا آتا ہے؟" اُس نے مجھ سے پوچھا۔

"نہیں۔"

اُس نے پھر زیر لب مجھے ایک گالی دی۔ پھر بڈھے کے جسم کے پھیپھڑوں میں تنفس کا عمل جاری رکھنے کی کوشش کرتی رہی۔ میں بڈھے کی نبض دیکھنے کی کوشش کرتا رہا۔ مگر بے سود۔ بڈھا مر چکا تھا۔

یہ تھی کیٹ سے میری پہلی ملاقات۔ پورا نام کیتھرائن ہالودے تھا۔ وہ اُس بڈھے انگریز کی سکریٹری تھی۔ جیسا کہ مجھے بعد میں پولیس کی تفتیش کے دوران معلوم ہوا۔ بڈھا انگریز ریزیڈنسی میں ملازم تھا۔ اُسکی بیوی دو سال ہوئے مر چکی تھی۔ بڈھا رٹلینڈ بہت امیر تھا۔ لندن میں اُس کی خاصی جائیداد تھی۔ پانچ سال کے بعد وہ پنشن لے کے واپس ہوم جانے والا تھا۔ میری طرح اُسے تیرنا نہیں آتا تھا۔ اُس وقت وہ ڈاب کے کنارے کے پتلے پانیوں میں نہا رہا تھا۔ (یہ کیٹ کا بیان تھا) اور وہ چونکہ تیرنا جانتی تھی۔ اس لئے دور ڈاب کے اندر جا کر نہا رہی تھی۔ دونوں ننگے تھے۔ اتنے میں نہاتے نہاتے رٹلینڈ کا پاؤں پھسلا اور وہ گہرے پانیوں میں اُتر گیا۔ جب تک کیٹ تیرتے تیرتے اُس کے پاس پہنچے۔ وہ کئی بار غوطے کھا کر ڈوب چکا تھا۔ آگے جو کچھ ہوا اُس کا گواہ میں تھا۔!

پولیس کو شبہ ضرور ہوا۔ اور سچ بات یہ ہے کہ شبہ مجھے بھی ہوا تھا۔ وہ تصویر بار بار میرے ذہن میں گھومتی ہے۔ ایسا لگتا تھا جیسے نالے کی اُس گہری ڈاب میں ایک لڑکی ایک غوطے کھاتے ہوئے مرد کو اور غوطے دے رہی ہے۔ مگر کیٹ نے مجھے بتایا اور پولیس کو بھی کہ ایسا نہیں تھا۔ وہ اُسے پانی سے نکالنے کی کوشش کر رہی تھی مگر لڑکی آخر لڑکی ہے وہ کیسے اُسے بچا سکتی تھی۔ اُسے جان کے لالے پڑ گئے تھے۔ کیٹ نے رو رو کر مجھے بتایا اور روتی ہوئی لڑکیاں مجھے بہت اچھی لگتی ہیں۔ آنسو شبنم کی طرح پلکوں پر چھلکتے ہوئے۔ آنکھیں پھولوں کی طرح کھلی ہوئیں۔ گلابی ہونٹ فرط غم سے دُکھ سے کانپتے ہوئے۔ مجھے ایسی لڑکیوں پر بہت رحم آتا ہے۔ پیار بھی آتا ہے۔ اور ایسی

پگھلی ہوئی کیفیت میں لڑکیاں پیار بھی کر لینے دیتی ہیں۔ نتیجہ یہ ہوا کہ سر سری تحقیقات کے بعد پولیس نے کیٹ کو بے گناہ قرار دیا اور کارونر نے فیصلہ دیا کہ متوفی کی موت اتفاقیہ ڈوب جانے سے ہوئی۔

ممکن ہے میرے بیان کے باوجود معاملہ آگے بڑھتا۔ مگر وہ دن انگریزوں کے ہندوستان سے چلے جانے کے دن تھے۔ عجیب افراتفری اور بھگدڑ کے دن تھے۔ ریزیڈنسی میں فائلیں جلائی جارہی تھی۔ سامان باندھا جارہا تھا۔ ایسے میں کِس کو ایک بُڈھے لاوارث انگریز کے مرنے کی فکر تھی۔ جو مر گیا سو مر گیا اور جب انگریزی راج ہی مر گیا تو ایک فرد کی موت پر اس قدر واویلا مچانے سے کیا ہوگا معاملہ رفع دفع ہو گیا۔ اور کیٹ مجھے اپنا ایڈریس دیئے بغیر اور آخری بار ملے بغیر انگلستان چلی گئی۔ اور میرے ذہن میں کچھ شبہے چھوڑ گئی۔ چند بوسے اور شاداب جسم کا لرزتا ہوا لمس چھوڑ گئی۔ پھر میں بھی اُسے بھول گیا۔

آج اتنے برس کے بعد وہ اچانک مجھے لندن میں مل گئی۔

یہ لندن میں میرا آخری دن تھا۔ میں کرسٹی کورٹ سے پبلشر تھامس بلفوڈ سے ملاقات کر کے لوٹ رہا تھا۔ کہ مجھے ایک دیدہ زیب خوش لباس عورت اپنے گھر کے سامنے کے چھوٹے سے خوشنما باغیچے سے نکلتی ہوئی دکھائی دی۔ وہ باغیچہ کا دروازہ بند کر رہی تھی اور میں اُس کے خوشنما کٹے ہوئے بالوں اور اُس کی پشت کی جامہ زیبی کو دل ہی دل میں سراہ رہا تھا۔ کہ اتنے میں وہ دروازہ بند کر کے میری جانب مڑی اور بے اختیار میرے منہ سے نکل گیا۔

"کیٹ۔!!"

وہ ٹھٹھکی، چند لمحے غور سے مجھے دیکھتی رہی۔ جیسے پہچاننے کی کوشش کر رہی ہو۔ یا یہ فیصلہ کر رہی ہو کہ اِس ہندوستانی کو پہچانا جائے یا نہیں'

چند لمحوں کی کشمکش کے بعد یا تو اُس نے مجھے پہچان لیا یا کوئی فیصلہ کر لیا۔ پھر وہ آہستہ آہستہ بڑے پُر وقار طریقے سے مسکرائی اور مسکراتے ہوئے اُس نے اپنا ہاتھ

جس پر ایک بیش قیمت دستانہ چڑھا ہوا تھا مجھے مصافحہ کے لئے پیش کر دیا۔ جسے میں نے فوراً تھام لیا۔!

"او... ہلو...!" وہ میرا نام لے کر بولی۔ "تم یہاں کہاں؟"

"اِتنے برسوں سے تمہیں ڈھونڈھ رہا ہوں۔" میں نے اُس سے کہا۔ "وہ لڑکی جو مجھے ہندوستان میں ترستا ہوا چھوڑ آئی تھی۔ آخر اُسے میں نے آج لندن میں پا ہی لیا۔ تم تو پہلے سے بھی خوبصورت ہو گئی ہو اور کچھ شادی شدہ سی بھی۔"

"شادی تو میں نے نہیں کی۔" کیٹ بولی۔ "مگر یہاں پر میں مسز کیتھرائن رتلینڈ کے نام سے مشہور ہوں۔" کیتھرائن نے ذرا ہٹ کر مجھے دروازہ کے نام کی تختی پڑھنے دی۔

"... کیتھرائن رتلینڈ!"

"میرا خیال ہے..... مسٹر رٹلینڈ کی کوئی بیوی تھی۔"

"وہ تو مسٹر رلینڈ کی موت سے دو سال پہلے مر چکی تھی۔ اِس کے بعد۔ بعد۔" وہ رُک رُک کر بولی۔ "ہم دونوں اِکٹھے رہتے تھے۔ میاں بیوی کی طرح گو میں نے وہاں کسی کو بتایا نہیں تھا۔ پھر مسٹر رُٹلینڈ اپنی ساری جائیداد بھی میرے نام چھوڑ گئے تھے اِس لئے میں نے اُن کا نام بھی لے لیا۔"

"آخر اِس میں حرج ہی کیا ہے۔؟ بہت اچھا کیا تم نے۔" میں نے اُس کی آنکھوں میں دیکھتے ہوئے کہا۔ جن کا رنگ گہرا بنفشئی ہوتا جا رہا تھا۔

"مجھے اپنے گھر نہیں بُلاؤ گی؟" آخر چند لمحات کی خاموشی کے بعد اُس کی بے چینی دیکھ کر میں نے کہہ ہی دیا۔

وہ اپنے پرس کے پھندنے کو موڑتی ہوئی، آنکھیں جھکائے کمزور آواز میں بولی۔

"اِس وقت تو میں کام سے باہر جا رہی ہوں۔ آج شام تم کیا کر رہے ہو؟"

"آج شام تو دوسری جگہ مدعو ہوں البتہ لنچ کے لئے فارغ ہوں۔" میں نے بے تکلف ہوتے ہوئے کہا۔ کیوں کہ ایسے معاملوں میں میں ڈھیل دینے کا قائل نہیں

ہوں۔ ڈھیل دی کہ پتنگ کٹی۔

وہ بولی۔ "تو آج لنچ پر آجاؤ۔ مگر دو گھنٹے کے بعد۔"

مگر اُس کی آواز میں کچھ زیادہ خوشی نہیں تھی۔ آواز بھی کچھ گھٹی گھٹی تھی۔

لنچ پر پہنچا تو بہت بدلی ہوئی نظر آئی۔ اُس نے اودے پھولوں والا ایک عمدہ فراک پہن لیا تھا۔ میک اَپ بھی نیا تھا۔ آواز میں بھی شوخی اور طراری تھی... صبح کی اتفاقیہ ملاقات کی ساری سردمہری غائب ہو چکی تھی۔

ہاتھ پکڑ کے گھر کے اندر لے گئی۔ بہت بڑا گھر تھا۔ پرانا اور ٹھوس فرنیچر۔ مشرقی ونگ کے کمرے نئے طریقے سے سجائے گئے تھے۔ ایک سوئمنگ پول بھی تھا۔

"اتنے بڑے گھر میں تم اکیلی رہتی ہو؟"

"نہیں۔ میرے ساتھ خادمہ بھی ہے۔"

"شادی کیوں نہیں کی؟"

"تمہارا انتظار جو تھا۔؟" وہ کھلکھلا کر ہنس پڑی۔ میں نے اُس کی کمر میں ہاتھ ڈال دیا۔ وہ ہاتھ جھٹک کر بولی۔ آرام سے چلو مسٹر! ابھی بہت وقت ہے۔"... پھر لہجہ بدل کر بولی۔ "لنچ سے پہلے میں پول میں تیرنے کی عادی ہوں۔ تم نے تیرنا سیکھ لیا؟"

"نہیں۔" بے اختیار میرے منہ سے نکلا۔ کیوں میں نے ایسا کہہ دیا۔ اُس کی وجہ آج تک میں نہ جان سکا۔ کیوں کہ اب میں نے تیرنا سیکھ لیا تھا جب گلمرگ میں کیٹ سے ملا تھا تو واقعی تیرنا نہیں جانتا تھا۔ مگر اب تیرنا سیکھ چکا تھا۔ پھر بھی ایک دم "نہیں" منہ سے نکل گیا تو اب اُسے نبھانا ہی پڑے گا۔

وہ میرا جواب سُن کر خفا نہیں ہوئی۔ بڑی دلکشی سے مسکرائی اور میرا ہاتھ تھام کے بولی۔

"چلو سوئمنگ پول کے کنارے چل کر بیٹھیں گے۔ میں تیروں گی۔ تم دیکھنا۔"

"ہاں یہ ٹھیک ہے!"

بڈھی خادمہ کے پول نے کنارے دو کرسیاں اور ایک میز لگادی۔ کیٹ تیراکی کا

لباس پہننے چلی گئی۔ اور لوئی تو ایک بے حد پتلا اور باریک بکنی پہنے ہوئے تھی۔

"ہوں۔" کہہ کر اُس نے سر سے پاؤں تک مجھے دکھایا۔ اپنے آپ کو۔ "کیسی لگتی ہوں؟"

"اب چھو کر دیکھیں تو کچھ پتہ چلے۔" میں نے کہا۔

"بدمعاش!"

وہ کُرسی کھینچ کر میرے قریب بیٹھ گئی۔ اُس نے دو کملٹ بنائے۔ ایک میرے لئے۔ ایک اپنے لئے۔ ہلکے ہلکے بوسوں کے درمیان ہم کملٹ پیتے رہے۔ اور ایک دوسرے کی آنکھوں میں آنکھیں ڈال کر باتیں کرتے رہے۔ جب بدن گرم ہونے لگے تو وہ دھم سے پانی میں کود گئی۔ ایسا لگتا تھا کہ جیسے گلاب کی پھولوں بھری ٹہنی پول میں تیر رہی ہو۔ میں کنارے کنارے ٹہلتا ہوا اُس سے باتیں کرتا رہا۔ اور وہ تیرتی رہی۔ پتلے پانیوں سے گزر کر وہ اُس طرف چلی گئی جدھر پول کا پانی بہت گہرا تھا۔ کافی عرصہ تک وہ نہاتی رہی۔ پول کے پانی کو میں نے چھو کر دیکھا۔ اچھا خاصہ گرم تھا۔ پھر اُس نے پول کے اندر ہی سے ایک بٹن دبایا اور پول کے اندر رنگارنگ لہرئے روشنیوں کے دوڑنے لگے۔

"افسوس کہ تمہیں تیرنا نہیں آتا۔ ورنہ میرے ساتھ تیرتے۔" وہ بولی۔

"افسوس تو مجھے ہے۔" میں نے بے چین ہو کر اُس سے کہا۔ "اب جلدی سے باہر نکل آؤ۔ مجھے سردی لگ رہی ہے۔"

"سردی لگ رہی ہے تو کملٹ پیو۔"

"یہ سردی کملٹ سے نہیں جائے گی۔"

"بیہودہ!" وہ تیرتے تیرتے ہنسی اور پول کا پانی بھی اُس کے ہنسنے سے اُچھلا جیسے زور زور سے ہنس رہا ہو۔

پانی میں آجاؤ۔" وہ شریر نگاہوں سے مجھے دعوت دیتے ہوئے بولی۔

"میں تیرنا نہیں جانتا۔ تمہیں بتا چکا ہوں۔" میں نے افسردہ ہو کر اُس سے کہا۔

افسردگی اس لئے کہ جی پول میں گھس جانے کو چاہتا تھا۔ اور اب میرا دل یونہی اِس جھوٹ بولنے پر لعنت ملامت کر رہا تھا کیسی حماقت ہوئی۔

"میرے لئے ایک گملٹ بناؤ۔" وہ تیرتی ہوئی پول کے کنارے آگئی۔ اور کرو میم کے زینہ پر بیٹھ گئی۔ جو پانی کے اندر تک جاتا تھا۔ کیٹ کا آدھا جسم پانی کے اندر ڈوبا ہوا تھا۔ سینہ باہر تھا اور پانی کا سہارا اُسے حاصل تھا۔

"اِس بکنی کا فائدہ کیا ہے؟" میں نے اُس سے پوچھا۔ "سب کو کچھ تو نظر آتا ہے۔"

"میرے جسم پر جو کھال منڈھی ہوئی ہے۔ وہ بھی ایک طرح کی بکنی ہے۔ لیکن کیا تم اِس کھال کے اندر کی بکنی کو دیکھ سکتے ہو؟"

"نہیں!"

"عورت کو دیکھنا بہت مشکل ہے حالانکہ بہت سے بے وقوف مرد یہی سمجھتے ہیں کہ وہ بکنی کے اندر عورت کو دیکھ لیتے ہیں۔"

"عورت کو دیکھنا ہو تو اُس کی آنکھوں کے اندر جھانکنا چاہئے۔ صرف وہیں پر عورت نظر آتی ہے۔"

"اور باقی جسم؟" اُس نے پوچھا۔

"ایک پنجرہ ہے چوہے کو پھنسانے کا؟"

" You think you are very smart"

"میں نے کوئی جواب نہ دیا۔ اُس کے لئے ایک گملٹ بنا دیا۔ جام اُس کے ہاتھ میں تھما دیا۔ اُسکی گیلی اُنگلیاں میرے ہاتھ سے مس ہوئیں۔ جام آدھا میرے ہاتھ میں رہا آدھا اُس کے ہاتھ میں۔ میں نے اُسے اپنی طرف کھینچ لیا۔ اُس کے گیلے گیلے ہونٹ چومنے لگا۔ اُس کی آنکھیں بند ہو گئیں۔ پھر اک دم میں نے بوسے کو نا تمام رکھ کر اُسے چھوڑ دیا۔

اُس کی بنفشئی آنکھیں حیرت سے کُھل گئیں۔

"کیوں۔ کیا ہوا؟" وہ بولی۔

" میں نے اپنے ہونٹ چاٹتے ہوئے کہا۔ "معلوم ہوتا ہے پانی میں کلورین زیادہ ملی ہوئی ہے۔"

وہ زور سے ہنسی۔ ایک ہی گھونٹ میں جام خالی کر گئی۔ پھر بولی۔ "وہ کاجو کی پلیٹ ادھر لاؤ۔"

میں پول کے کنارے سے اُٹھا، میز سے کاجو لے آیا اور ایک ایک دانہ کر کے اُس کے مُنہ میں ڈالنے لگا۔ وہ کھاتی گئی۔ اور کھاتے کھاتے بولی۔ "جب میں کاجو کھاتی ہوں تو تمہارا ملک بہت یاد آتا ہے۔ تمہارے ملک کے نمکین کاجو بہت عمدہ ہوتے ہیں۔"

"ہمارے ملک کے مردوں میں بھی نمک ہوتا ہے۔" میں نے کہا۔

"شاید اسی لئے آسانی سے کھائے جا سکتے ہیں۔" وہ بولی۔ اُس نے میری ناک کو پکڑ کے ذرا ہلایا۔ پھر زینے سے اچھل کر واپس پانی میں کود گئی۔

کافی دیر تک وہ نہاتی رہی۔ پھر پول سے باہر نکلی تو مجھ سے کہنے لگی۔

"تولیہ لے کر میرا جسم صاف کرو۔"

میں تولیہ لے کر اُس کا بدن صاف کرنے لگا۔ بدن صاف کرتا جاتا تھا اور بیچ بیچ میں ہاتھ سے چھوتا بھی جاتا تھا۔ یہ دیکھنے کیلئے کہ بدن صاف ہوا کہ نہیں۔ مُنہ اور کان کی لوویں گردن اور سینہ، کمر، پیٹ، رانوں سے گزرتا ہوا جب پنڈلیوں تک پہنچا تو جُھک کر پول کے کنارے بیٹھ گیا۔ اور تولئے سے اُس کی پنڈلیاں رگڑنے لگا۔ پہلے دایاں پاؤں صاف کیا کیٹ نے صاف شدہ پاؤں ذرا سا اوپر اُٹھا لیا۔ اور میں بایاں پاؤں صاف کرنے لگا۔ جب میں بایاں پاؤں صاف کر رہا تھا تو اُس نے دایاں پاؤں اور اوپر اُٹھا کر میرے منہ پر اتنے زور سے مارا کہ میں اُس کے دھکّے سے پول کے گہرے پانیوں میں جا گرا۔ اور پانی میں گرتے ہی مجھے چشم زدن میں گلمرگ کی وہ گہری ڈاب یاد آگئی۔ جہاں کیٹ اُس بڈھے انگریز کو غوطے دے رہی تھی۔ میرا بدن سُن ہو گیا۔ اور ایک سیکنڈ کے سوویں حصّہ کے عرصہ میں میرے دماغ نے تیزی سے کام کرتے ہوئے اپنی

مدافعت کی ترکیب سوچ لی۔

"میں ڈوبا۔ میں ڈوبا جا رہا ہوں۔ مجھے بچاؤ۔" میں نے پانی کی سطح کے اوپر آتے ہی احمقانہ طریقہ سے ہاتھ پاؤں ہلاتے ہوئے کیٹ سے کہا۔

کیٹ اپنی جگہ سے نہیں ہلی۔ کھڑی کھڑی ہنستی رہی۔

میں نے ایک غوطہ کھایا۔

دوسرا غوطہ کھانے کے بعد جب میں اُبھرا تو وہ اُسی طرح پول کے کنارے کھڑی تھی۔ اُس کا چہرہ غصے اور نفرت کے جذبات سے بھیانک ساد کھائی دے رہا تھا۔

"تم نے سوچا ہوگا۔ تم مجھے قابو کر سکو گے۔؟" وہ پھنکارتے ہوئے بولی۔

"میرا راز جان کر مجھے ہمیشہ بلیک میل کر سکو گے۔... یو ڈرٹی انڈین... بلیک نیٹو... آج تم وہی موت مرو گے جو گلمرگ کی ڈاب میں رٹلینڈ کو آئی تھی۔ اور پانی کی موت سب سے اچھی ہوتی ہے۔ یہ کوئی نشانی نہیں چھوڑ جاتی۔ یہ سیدھے سیدھے ایک بے وقوف ہندوستانی کا اتفاقیہ پانی میں ڈوب جانیکا حادثہ ہوگا۔ کیونکہ تیرنا تم جانتے نہیں ہو اِس لئے موت سے بچ نہیں سکتے... دیکھا کتنی آسان ترکیب ہے!"

"مجھے بچاؤ!۔ مجھے بچاؤ!" میں زور سے چلّایا اور پھر پانی کے اندر جانے لگا۔

عین اُسی وقت قریب میں کہیں ٹیلی فون کی گھنٹی بجی اور وہ میری طرف سے پیٹھ موڑ کر لچکتی مٹکتی ہوئی ایک کھلی ہوئی کھڑکی کے پاس گئی اور ٹیلی فون اُٹھا کر کسی سے بات کرنے لگی۔

"ہاں ڈارلنگ... مجھے یاد ہے... نہیں اِس وقت فرصت نہیں ہے... شام کو آؤں گی۔... یس ڈارلنگ... یس مائی اون (Yes my Own)... شام کو ضرور ملوں گی... اکٹھے ڈنر کھائیں گے... ہاں... ہاں... بائی بائی ڈارلنگ!"

وہ ایک نگاہ سے ٹیلی فون کو دیکھتی جاتی تھی۔ دوسری نگاہ سے مجھے۔ ڈوبتے ہوئے دیکھتی جاتی تھی۔ ٹیلی فون بند کر کے وہ اُسی طرح مٹکتی ڈولتی ہوئی پول کے کنارے آئی اور میری طرف دیکھ کر بولی۔

"میں نے تمہارے آتے ہی خادمہ کو چھٹی دیدی تھی۔ اور اب گھر میں کوئی نہیں ہے اور میں اِس وقت کپڑے بدل کر باہر جا رہی ہوں۔ جب واپس آؤں گی تو تمہاری لاش پانی میں تیر رہی ہوگی۔ ایک چور ہندوستانی جو میری غیر حاضری میں کھڑکی توڑ کر میرے گھر میں گھسا۔ اور ڈوب گیا۔ ... بہت خوب ... اچھا ... میرے پیارے خدا حافظ۔"

اُس نے پول کے کنارے سے ہاتھ ہلایا اور پھر تیز تیز قدموں سے کپڑے بدلنے چلی گئی۔ اس کے جانے کے بعد میں نے غوطے کھانا چھوڑ دیا۔ اور ہولے ہولے پانی میں تیرنے لگا۔ اور سوچنے لگا۔

دس پندرہ منٹ تو لگیں گے اِسے کپڑے بدلنے میں۔ اتنا وقت میرے لئے کافی ہے یہاں سے نکلنے کے لئے۔

میں نے چند لمحے اور پانی میں گزارے۔ یہ دیکھنے کے لئے کہ کہیں وہ پھر واپس نہ آجائے پستول وغیرہ لے کر جب چند منٹ اِسی سناٹے میں گزر گئے تو میں آہستہ سے پول سے نکلا اور میرے کپڑے پانی میں شرابور ہو چکے تھے۔ مگر یہ وقت بدن تولئے سے سکھانے کا نہیں تھا میں اُنہی بھیگے ہوئے کپڑوں میں چلتا ہوا کسی طرح کی آواز نہ پیدا کرنے کی کوشش کرتا ہوا دو کمروں سے نکل کر باہر کے ہال میں آگیا۔ اور ہال کا دروازہ کھول کر باغیچے میں آگیا۔ اور باغیچہ کا دروازہ کھول کر سڑک پر آگیا۔ جدھر جاتا تھا پانی کی ایک لمبی لکیر میرے ساتھ چلتی جاتی تھی۔ اور انگریز مُڑ مُڑ کر حیرت سے میری طرف دیکھتے جاتے تھے۔

"تمہیں پولیس کو مطلع کر دینا چاہئے۔" قادر یار نے مجھ سے کہا۔ میں اپنے دوست قادر یار کے گھر آتش دان کے سامنے ایک بہت بڑے تولئے میں لپٹا ہوا آگ تاپ رہا تھا۔ اور برانڈی کا ایک بڑا پیگ میرے اندر جا چکا تھا۔

"میں کل واپس اپنے وطن جا رہا ہوں۔" میں نے قادر یار سے کہا۔ "اِس لئے پولیس کو بتانے میں مجھے یہاں لامحالہ رُکنا پڑے گا۔ اور پھر کوئی بہت بڑی بات بھی

نہیں۔ قتل تو اِس معاشرہ، اِس سسٹم کا خاصہ ہے اور قتل کو اپنے اندر سے خارج کر کے یہ معاشرہ ایک قدم نہیں چل سکتا۔ یہ قتل منظم ہو، یا غیر منظم مگر ہمیشہ اس سو سائٹی میں چلتا رہتا ہے۔ کیوں کہ مفاد ٹکراتے رہتے ہیں۔ اِس لئے قتل ہو تا ہے۔ اجتماعی طور پر اور انفرادی طور پر۔ گزشتہ جنگ عظیم میں ساٹھ لاکھ یہودی مار دیئے گئے ۔اور پورے یورپ کا ضمیر خاموش رہا اِس معاشرے میں جہاں شب و روز انسان کی ہر خوبصورت تمنا کا خون ہو تا ہے، ایک فرد کا قتل کیا معنی رکھتا ہے۔؟ پورا معاشرہ Trigger happy ہے۔ تم نے خود محسوس کیا ہو گا کہ مغربی ادیبوں کے افکار میں کسی بہتر زندگی کی تمنا، کسی خوبصورت مستقبل کا خواب نظر نہیں آتا۔ جس سسٹم میں آخری فیصلہ پستول سے ہو تا ہے، وہاں چاندنی راتوں میں شرمیلے پھولوں کی طرح مہکنے والے نرم و نازک جذبات کیا معنی رکھتے ہیں۔ زندگی سے نرم و نازک جذبوں کا رس نکل چکا ہے۔ اور اب تم کسی انسان کو چھو کے دیکھو۔ وہ فوراً سکّے کی طرح کھنکتا ہے۔ اور دھات کی مشین کی طرح عمل کر تا ہے۔"

"مگر ایسی عورت دوبارہ قتل کرنے کی کوشش کر سکتی ہے۔" قادریار بولا۔

"اُس کا میں نے بندوبست کر لیا ہے۔ ذرا وہ ٹیلی فون اُٹھا کر میرے پاس رکھ دو۔" میں نے قادریار سے کہا۔

قادریار ٹیلی فون اُٹھا کر میرے پاس لے آیا۔ میں نے کیٹ کا نمبر ملایا اور اُسکی آواز سُنتے ہی میں نے صرف اتنا کہا۔

"کیٹ۔! میں نے تم سے جھوٹ کہا تھا۔ میں تیرنا جانتا ہوں۔"

اس کے بعد میں نے ٹیلی فون بند کر دیا۔ قادریار میری طرف سوالیہ نگاہوں سے دیکھنے لگا۔

میں نے قادریار سے کہا۔

اب وہ کبھی اطمینان سے نہیں سو سکے گی۔ میں تو کل چلا جاؤں گا۔ مگر اُسے تو معلوم نہیں ہے کہ میں کل چلا جاؤں گا۔ اور اب وہ کبھی اطمینان سے نہیں سو سکے گی

۔ میرے جانے کے بعد بھی وہ ہر روز، ہر رات اُس لمحے کا انتظار کرے گی۔ جب میں اُس سے بدلہ لینے کی کوشش کروں گا۔ ہر کھٹکا، دروازے کی ہر دستک اُسے وحشت زدہ کر دیگی۔ اُس کے جسم کے رونگٹے کھڑے ہو جائیں گے۔ اور چند لمحوں کے لئے وہ ہر روز موت کے سرد ہاتھ اپنی گردن پر محسوس کرے گی۔ یہ سزا اُس کے لئے بہت کافی ہے۔!"

لندن کی آخری رات

کل میں چلا جاؤں گا۔ صبح سویرے
اِسی لئے ابھی سے سامان باندھ رہا تھا۔ کیوں کہ آج رات کو ڈوروتھی گنمور نے مجھے کھانے پر مدعو کیا تھا۔ اُس نے مجھ سے وعدہ کیا تھا۔ کہ وہ مجھے کم سے کم بیس نئے شاعروں سے ملائے گی۔ اِس لئے دعوت دیر تک چلے گی۔ ممکن ہے کہ رات بھر چلے۔ صبح مجھے سامان باندھنے کا وقت نہیں ملے گا۔ اِس لئے ابھی یہ کام کر لیا جائے تو بہتر ہے۔

قادریار اپنا میلا کچیلا۔ بے شمار سلوٹوں والا گون پہن کر میرے ارد گرد ٹہل رہا تھا۔ بار بار سگریٹ کی راکھ جھاڑتا جاتا تھا۔ اور بیچ بیچ میں میری مدد بھی کرتا جاتا تھا۔ مگر بہت بے چین معلوم ہوتا تھا۔!"

"کوئی چیز تمھیں ستا رہی ہے؟" میں نے قادریار سے کہا۔

"چند گھنٹے پہلے تم نے یورپ کی یہود دشمنی کی جو بات کہی تھی اور اُس سے جو نتائج اخذ کیے تھے۔ وہ مجھے صحیح نہیں معلوم ہوتے۔ یہ تو صحیح ہے کہ جنگ عظیم نمبر دو میں ساٹھ لاکھ یہودی جان سے مار ڈالے گئے۔ مگر یہ صحیح نہیں ہے کہ پورا یورپ اُن کے قتل کے حق میں تھا۔ شریف یورپ نے، شریف لوگوں نے، شریف دانشوروں نے اس کے خلاف احتجاج بھی کیا۔!"

"مگر کتنا کم؟" میں نے کہا۔ "اور اس لفظی احتجاج سے کیا ہوتا ہے جنگ عظیم کے

بعد بھی یہودیوں کا اخراج یورپ سے نہ رُک سکا۔ اُن کو یورپ میں بسانے کی پھر سے کوئی کوشش نہیں کی گئی۔ بلکہ اُن کے خاموش اخراج کی ہر ممکن سعی کی گئی۔ اور اُنہیں یورپ سے نکال کر ایک الگ خطہ زمین دیدیا گیا۔ اور وہ بھی عربوں سے چھین کر۔ دوسرے کی زمین کو چھین کر کسی تیسرے کو دید ینے میں کیا فیاضی ہے؟ میں تو جب مانتا کہ یورپ کا ضمیر جاگا ہے۔ جب یہودیوں کو عربوں کے گھروں میں آباد کرنے کے بجائے اُنہیں اُن گھروں میں بسایا جاتا، جہاں سے وہ نکالے گئے تھے۔ جب مجھے کسی یورپی پچھتاوے کا احساس ہوتا۔ اب تو نہیں ہے۔"

"مجھے افسوس ہے کہ یہاں سے تم یورپ دشمن ہو کے جا رہے ہو۔" قادریار بیزاری سے سگریٹ کی راکھ جھاڑتے ہوئے بولا۔ "یہ رجحان صحیح نہیں ہے۔"

"میں یورپ کا دشمن نہیں ہوں۔ یورپ نے پچھلے چار سو سال میں دُنیا کی تہذیب اور زندگی کو جو کچھ دیا ہے وہ باقی دُنیا کے سارے ملکوں نے مل کر بھی نہیں دیا ہے۔ اِس سے بھی انکار ناممکن ہے کہ مختلف قومی نسلی اور جغرافیائی حد بندیوں کے باوجود دُنیا کے ہر خطّے کے لوگ ذہنی اعتبار سے یورپین ہوتے جا رہے ہیں۔ جو عالمی تہذیب آج مر رہی ہے وہ یورپ کی دین تھی اور جو دوسری عالمی تہذیب اُس کے بطن سے نکل رہی ہے، وہ بھی یورپ کی بیٹی ہے اِس کا بھی میں فراخدلی سے اقرار کرتا ہوں۔"

"پھر تمہیں یورپ سے کیا گلہ ہے؟"

"آج یورپ کے پاس کوئی خیال نہیں ہے۔ کوئی چونکا دینے والا خیال۔ بھک سے اُڑا دینے والا ایٹم بم تو ہے۔ لیکن دھک کر دینے والا کوئی ایسا خیال نہیں ہے جو اپنے نور سے ساری دُنیا کو روشن کر دے۔"

"اگر ایسا ہے تو تم ڈور تھی گمٹور کی دعوت میں کیوں جا رہے ہو؟"

"وہاں بیس شاعر ہوں گے۔ میں نئے مغربی یورپ کے ذہن کو سمجھنا چاہتا ہوں۔ اور تم ۔ جانتے ہو کہ کسی بھی تہذیب کا بہترین بیرو میٹر اُس کا ادیب اور شاعر ہوتا ہے ... ذرا دیکھیں۔!"

ڈورتھی گمٹور نے اپنے فلیٹ کا دروازہ کھولا۔

میں یہ دیکھ کر حیران رہ گیا کہ وہ اپنے دروازہ میں بالکل ننگی کھڑی تھی۔

"آف کورس۔!" وہ مجھے دیکھ کر خوشی سے چلائی۔ "یہ تم ہو، میرا قیافہ بالکل صحیح نکلا۔"

میں کچھ کہہ نہ سکا۔ بس حیرت سے اُسے تاکے جارہا تھا۔

"اندر آجاؤ۔" اُس نے اپنے ننگے بدن میں ایک جھرجھری محسوس کرتے ہوئے کہا۔ "اندر آجاؤ۔ ورنہ میں دروازے کے اندر کھڑی جم جاؤں گی۔"

"میں دروازے کے اندر چلا گیا۔ اُس نے فوراً دروازہ بند کر دیا!

"بیٹھو!" اُس نے ایک صوفہ کی طرف اشارہ کرتے ہوئے کہا۔ اور جب میں صوفہ میں دھنس گیا تو وہ مجھے سگریٹ پیش کرنے لگی۔

"تم ننگی کیوں ہو؟" میں نے سگریٹ سلگاتے ہوئے اُس سے پوچھا۔

"کون کہتا ہے۔ میں ننگی ہوں۔"

"میں کہتا ہوں۔"

"تم کہتے ہو۔ مگر تم کیسے کہتے ہو یہ؟ ذرا سوچو میں ڈورتھی گمٹور۔ ایک شاعر کی روح اِس بدن میں بند ہے۔ یہ بدن کیا ہے۔ روح کا لباس ہے۔ اب تم چاہتے ہو کہ اس لباس کو بھی میں اور ایک لباس پہنادوں۔؟ کتنی بڑی حماقت ہے! بھلا کوئی کپڑے کو بھی کپڑے پہناتا ہے؟ سوائے انسان کے میں نے کسی دوسرے جاندار میں یہ حماقت نہیں دیکھی۔!"

وہ میرے قریب آبیٹھی اور مجھے اُس کے جسم سے لیونڈر کی خوشبو آنے لگی۔

"خوشبو کے معاملہ میں تم بہت قدامت پرست ہو۔" میں نے ڈورا سے کہا۔

ڈورا بولی۔ "یوں تو میں بہت پُرانی ہوں۔ آف کورس۔ بہت پُرانی جب میں اپنے فلیٹ میں کپڑے اُتار دیتی ہوں تو لگتا ہے میں دُنیا کی پہلی عورت ہوں۔"

"اِس وقت تو مجھے بھی ایسا ہی محسوس ہو رہا ہے۔ جی چاہتا ہے کہ کپڑے اُتار دوں

اور دُنیا کا پہلا مرد بن جاؤں۔"

"نہیں۔!" وہ زور سے چیخی اور میرا ہاتھ تھام کر بولی۔ "تم کپڑے پہنے رہو اور مجھے محسوس کرنے دو کہ میں دُنیا کی پہلی عورت ہوں جو بیسویں صدی میں آئی ہے۔"

"یعنی میں بیسویں صدی ہوں۔"

"آف کورس۔"

پھر وہ میری بغل سے اُٹھی اور دو قدم ہٹ کر میرے سامنے کھڑی ہو گئی۔ پھر اپنی ایڑی پر گھوم گئی۔ بولی۔

"میرا بدن کیسا ہے؟"

"دودھیا ہے۔" میں نے کہا۔ "مگر مجھے صندلی بدن بہت پسند ہیں۔ یا ایسے بدن جن کی رنگت میں سنولاہٹ ہو۔"

" جھوٹ بولتے ہو۔ سفید رنگ ہر ایک کو پسند ہے۔ یہ سب کہنے کی باتیں ہیں کہ انسانوں کے مختلف رنگ سب ایک سے اچھے ہوتے ہیں اصل بات یہ ہے کہ جتنے ایشیائی، افریقی اور زرد رنگت والے ہیں سب کے سب سفید رنگ کو دل ہی دل میں پسند کرتے ہیں۔ سفید رنگ ہی برتر۔!"

"کیسے؟"

"کیوں کہ زیادہ حسین ہے۔"

"کیسے؟"

"کالی لڑکی کی تعریف آج تک کِس ملک کی شاعری میں ہوئی ہے؟ مجھے ذرا بتا دو۔ نسلی امتیاز کو اور گوری چمڑی کو بُرا کہنے والے خود کیوں سفید رنگ کو اِس قدر پسند کرتے ہیں۔؟ صاف اور کھلتے ہوئے رنگ پر سب کی جان جاتی ہے چاہے ہندوستانی ہوں یا افریقی حبشی یا زرد رنگ کے منگول۔ سبھی ہماری رنگت کے رسیا ہیں۔ مجھے ایک ہندوستانی نے بتایا تھا کہ تمہارے ہاں خود اخباروں میں جتنے اشتہار شادی کے لئے چھپتے ہیں سب میں گوری صاف گندمی اور کھلتی ہوئی رنگت کی فرمائش ہوتی

ہے۔ جنوبی ہند میں بھی جہاں تقریباً نوّے فیصدی لوگوں کا رنگ کالا ہے وہاں بھی گوری لڑکی کو ترجیح دیجاتی ہے۔ میں پوچھتی ہوں کیوں؟ اِدھر افریقہ میں دیکھو۔ جو افریقی ذرا پڑھ لکھ جاتا ہے فوراً کسی سفید رنگت والی لڑکی سے شادی کرنے کی سوچتا ہے۔ آزاد افریقی ملکوں کے کتنے ہی وزیروں نے اپنے ملک کی حبشی لڑکیوں کو چھوڑ کر یورپین عورتوں سے شادی کی ہے۔

میں پوچھتی ہوں کیوں۔؟ میں تو یہاں تک کہنے کو تیار ہوں کہ اگر کل کلاں کو ہمارے سائنس داں کوئی ایسی دوایا انجکشن تیار کرنے میں کامیاب ہو جائیں جس سے کالے لوگوں کی رنگت سفید رنگت میں بآسانی تبدیل ہو سکے تو تم دیکھو گے کہ اِس دُنیا کے نوّے فیصدی لوگ تمہارے کالے لوگ سفید فام ہو جانے کیلئے بے قرار ہو جائیں گے۔ مگر جو حقیقت ہے اُسے تم لوگ چُھپاتے ہو۔ دل ہی دل میں سفید رنگت کو پسند کرتے ہو، اوپر سے ہمیں گالیاں دیتے ہو۔ اندر سے کڑھتے ہو، جلتے ہو۔ اور جب بس نہیں چلتا تو گالیاں دیتے ہو۔ بالکل اُس بدصورت عورت کی طرح جو اپنے سامنے ایک حسین عورت کو دیکھ کر جلتی ہے۔ اور اُس کے حُسن سے منکر ہو جاتی ہے۔ اسی طرح تم بھی سفید رنگ کی برتری سے منکر ہو۔ کیوں ٹھیک ہے نا؟"

"آف کورس!" میں نے کہا۔

وہ کھلکھلا کر ہنس پڑی۔

میں نے کہا۔ "ایک روز میں نے پکڈلی میں ایک جیمیکا کی کالی لڑکی دیکھی تھی۔ میں بتا نہیں سکتا کہ وہ کس قدر حسین تھی۔ مرد تو مرد تمہاری کئی انگریز لڑکیاں اُسے دیکھنے کیلئے چلتے چلتے ٹھٹھک کر کھڑی ہو گئی تھیں۔ حبشی مرد اپنی اُٹھی ہوئی گردن اور چوڑے سینے کے ساتھ کِس قدر وجیہہ معلوم ہوتے ہیں۔ ہمارے ملک کی سانولیاں تم نے نہیں دیکھیں کالی آنکھوں والی سفید دانتوں والی۔ محراب دار بھنووں والی۔ سیاہ بال پیٹھ تک بکھرائے ہوئے بنگالنیں۔ اگر تم دیکھ لو تو احساس کمتری سے پانی پانی ہو جاؤ۔ فطرت نے ہر نسل کو اپنی طرح کی خوبصورتی عطا کی ہے۔ اپنی جگہ تمہارا بدن بھی

خوبصورت ہے۔ تمہیں دیکھ کر مجھے ایک اُردو کے شاعر مخدوم کی ایک نظم یاد آتی ہے۔

دو بدن پیار کی آگ میں جل گئے ... میکدے سے ذرا دور ... جب میں نے اُسے ترجمہ کر کے سمجھایا تو ڈورتھی بولی۔ "میکدے سے یاد آیا کہ ہم لوگ کیا کر رہے ہیں۔ پیتے کیوں نہیں؟"

میں نے کہا۔ "میں اُن بیس شاعروں کا انتظار کر رہا تھا، جن سے ملانے کا تم نے وعدہ کیا تھا۔"

"وہ آجائیں گے۔ ہم شروع تو کریں۔" یہ کہہ کر وہ اُٹھی اور دو جام بنا کر لے آئی ۔اب میں اُس کی عریانی بھول چکا تھا۔ بلکہ اب اُس کی عریانی ہی ایک طرح کا لباس معلوم ہوتی تھی۔

میں نے اُس سے پوچھا۔ "جیبہ کہاں ہے، کئی دن سے اُسے نہیں دیکھا۔ دو تین بار ٹیلی فون بھی کیا۔ مگر کسی نے ٹیلیفون اُٹھایا تک نہیں۔"

"آجکل سوگ میں ہے۔"

"سوگ کیسا؟"

"ٹام کی بے وفائی کا۔" (یہ تھامس بلفورڈ کی طرف اشارہ تھا)

"وہ شرمیلا پبلشر؟" میں نے پوچھا۔

"ہاں!۔ اِس عمر میں بھلا جیبہ کو اُس لونڈے سے عشق کرنے کی کیا سوجھی؟ یہ تو یونہی ہونا تھا۔"

"مگر جیبہ آج بھی غضب کی چارمنگ ہے۔"

"وہ تو ہے۔ مگر۔ مگر۔..." وہ رُک گئی۔

"مگر کیا۔؟

"تم کو معلوم نہیں۔" اُس نے مجھ سے پوچھا۔ پھر خود ہی کہنے لگی۔

"آف کورس۔ تمہیں کیسے معلوم ہو سکتا ہے۔ ٹام ہومو (home) ہے۔ وہ عورتوں کو پسند نہیں کرتا۔ اپنے سے بڑے عمر کے مردوں کو پسند کرتا ہے۔ اُسے

اُس بُڈھے انگریز ادیب سے عشق ہے جو اُس روز ہمیں او تھیلوز میں ملا تھا۔"

"فرینک بینسن؟"

"وہاں!" ڈورا نے آہستہ سے سر ہلایا۔ اور غور سے جام کے سنہری رنگ کو دیکھنے لگی۔ پھر افسردگی سے سر ہلا کر بولی۔ "بے چاری جیبہ!"

میں نے کوئی جواب نہیں دیا۔ وہ بڑھتی ہوئی افسردگی کے ساتھ بولی۔ "ہمارے ملک میں ایسے لوگوں کی تعداد بڑھ رہی ہے۔ جو عورتوں کو پسند نہیں کرتے۔ کہتے ہیں۔ عورت تو ایک تجربہ ہے۔ کوئی خاص انوکھی الگ بات ہونی چاہئے۔ اس لئے وہ مخالف جنس کو چھوڑ کر ہم جنسی پر اُتر آئے ہیں۔ They want Something Unusual !" حالانکہ ہم جنسی بھی کوئی نئی اور انوکھی بات نہیں ہے، بہت پُرانی بات ہے!"

میں نے کہا۔ "مگر ٹیڑھے سماج میں ہر چیز ٹیڑھی ہونے لگتی ہے۔ معاشرہ ٹیڑھا ہو تو خواہشیں بھی ٹیڑھی ہونے لگتی ہیں۔ اور اُن کے حصول کے ذرائع بھی۔ فطری حُسن کی حِس تک معکوس ہو جاتی ہے۔ ایسے ہی ہر زوال پذیر تہذیب اپنے اختتام کو پہنچتی ہے۔ Not with a bang but with a Whimper!

ڈورا بولی۔ "میں نے بھی کئی بار جیبہ کو ٹیلی فون کیا۔ مگر اُس کی خادمہ نے کہا۔ وہ کسی سے ملنا نہیں چاہتی Very Crude-very اگر جیبہ بُڈھی ہو گئی ہے تو، اِس میں میرا کیا قصور ہے۔ اگر اُس کا بوائے فرینڈ ہومو ہے تو میں کیا کروں؟"

ڈورا نے یہ کہتے ہوئے اپنے لب بڑے پیارے انداز میں باہر پھیلا دئے۔

"بھول جاؤ اُسے۔" میں نے اُس سے کہا۔ اور یہ دیکھو کہ دیوار پر تمہارا سایہ کتنا حسین ہے۔ کتنا تیکھا اور نوکدار۔ جیسے کسی پنسل کی تیز نوک سے کسی مصوّر نے تمہارا چارکول اسکیچ بنا دیا ہو۔ یہ Nude تو ماتیس کے بس کا بھی نہیں...!"

وہ دیوار پر اپنا سایہ دیکھنے لگی۔ سایہ اُسے دیکھنے لگا۔ میں اُن دونوں کو دیکھنے لگا۔

ایک کالی عورت، ایک سفید عورت، اِن دونوں کو الگ کیسے کیا جائے گا؟ دونوں

کا ساتھ ازل سے ہے۔۔۔،

یکایک وہ پھر کھڑی ہو گئی۔ "آؤ ناچیں!"

اُس نے ریکارڈ پر جاز کا ایک ریکارڈ لگا دیا۔ اور سرک کر میری بانہوں میں آگئی۔ اور ہم دونوں گال سے گال لگا کر ناچنے لگے۔

کمرہ خوب گرم تھا۔ دیواروں پر سایے ناچ رہے تھے۔ نیم تاریک دھندلاہٹوں میں دو بدن، موسیقی میں پگھلتے ہوئے، وقت کے چاک پر مٹی کے دو آبخورے، زندگی کی شراب سے چھلکتے ہوئے، آنکھیں بند کئے ہوئے ناچتے ہوئے۔ اِس کمرے سے باہر کچھ نہیں ہے۔ اس لمحے سے پہلے کچھ نہیں تھا۔ اس لمحے کے بعد کچھ نہیں ہے۔

نے ہاتھ باگ پر ہے، نہ پا ہے رکاب میں!

بس ایک لمحہ کی پینگ میں جھولتے ہوئے۔ کسی ٹوٹے ہوئے تارے کی طرح زندگی کی تاریک رات کی بے معنویت کو منور کرتے ہوئے۔ بس ایک پل کی چکا چوندھ روشنی۔ پھر اندھیرا۔۔۔ اندھیرا جس کے خوف سے اور بھی لپٹ جانے کو جی چاہتا ہے۔!!

یکایک بند کھڑکیوں سے باہر ایک زور کا کوندا لپکا اور ایک ایسی گرج پیدا ہوئی جیسے ایک ساتھ ایک لاکھ توپیں چل گئی ہوں۔ کھڑکیوں کے کانچ زور زور سے جھنجھنا اُٹھے۔ اور ڈورو چیخ مار کر مجھ سے الگ ہو گئی۔ اور بھاگتے ہوئے ایک بڑے صوفے کے نیچے جا گھسی۔

"بم۔۔۔ بم۔۔۔ ایٹم بم!"

میں نے اُسے دلاسہ دیتے ہوئے کہا۔ "یہ ویسی بمباری نہیں ہے۔ بادل گرج رہا ہے باہر۔ ذرا غور سے سنو!"

مگر وہ صوفہ کے نیچے گھسی ہوئی اپنا سر نیچا کئے اپنے دونوں ہاتھوں میں اپنا سر چھپائے ہوئے سر ہلا ہلا کر میری بات ماننے سے انکار کر رہی تھی۔ میں نے دونوں ہاتھوں سے گھسیٹ کر اُسے صوفہ سے باہر نکالا۔

"ہم دونوں محفوظ ہیں۔ دیکھ لو۔" میں نے اُس سے کہا۔ "اور سنو! تمہارا ریکارڈ

ابھی تک چل رہا ہے۔ کوٹ پہن لو۔ تم سر سے پاؤں تک کانپ رہی ہو۔"

اُس نے کپڑے پہننے سے انکار کر دیا۔ مگر اُس نے بہت جلد اپنے خوفزدہ احساس پر قابو پالیا۔ اپنے بال ٹھیک کئے۔ آئینہ دیکھ کر لپ اسٹک سے اپنے ہونٹ سنوارے۔ اِس دوران میں وہ بار بار اپنے ہاتھ سے میرا ہاتھ مضبوطی سے پکڑ لیتی تھی۔ جیسے میرا ہاتھ نہ ہو، زمین کا محور ہو۔ کمرے کا فرش ہو۔ زندگی کا ثبوت ہو۔ پھر اُس نے گلاس اُٹھا کر بہت سی شراب اُس میں اُنڈیلی اور اُسے غٹا غٹ پی گئی۔ پی کر قریب کے دیوان پر دراز ہو گئی اور مجھ سے بولی۔

"تھورا میری پیٹھ سہلاؤ"

میں اُس کی پیٹھ دھیرے دھیرے سہلانے لگا۔ وہ دھیرے دھیرے سسکتے ہوئے لہجہ میں کہنے لگی۔

"وہ لوگ ہمیں عبث بدنام کرتے ہیں۔ وہ لوگ جنہوں نے ہمارا ماضی ہم سے چھین لیا۔ اور ہمارا مستقبل ہم سے نوچ لیا۔ اور ہمارے سر پر ایٹم بم کو لا کر کھڑا کر دیا۔ کیوں ہمیں بدنام کرتے ہو۔ کیا تم سمجھتے ہو کہ جو بم ناگا ساکی پر گرا تھا، وہ صرف ناگا ساکی پر گرا تھا؟ وہ ہم پر بھی گرا تھا اور اُس نے ہمارے ذہن، تہذیب کلچر، خواب، صورتیں۔ خواہشیں، ہر شے کے ٹکڑے ٹکڑے کر دئے ہیں۔ تم لوگوں نے اپنی زندگی ایک مضبوط زمین پر گزاری ہے۔ ہم لوگ بم کے فیتے پر کھڑے ہیں۔ پھر کیوں نہ ہم اس لمحے کو آخری جانیں اور زندگی کے سارے خوبصورت رشتے بھول جائیں۔ ہمیں موت کے دہانے پر کھڑا کر کے پوچھتے ہو کہ ہمارے احساس اس قدر ننگے کیوں ہیں؟ روایت اور مستقبل دونوں کو چھین کر جاننا چاہتے ہو کہ ہم اِس قدر غیر ذمہ دار کیوں ہیں؟ کیسا بھونڈا انداق ہے اِس دُنیا کا... آؤ! مجھے اپنی باہوں میں کس لو۔ اتنے زور سے پیار کرو کہ تمہارے دانت میرے ہونٹوں میں گڑ جائیں۔ اور اُن سے خون بہہ نکلے۔"

وہ دانت پیس کر بولی۔ "مگر تمہیں تو نشہ ہی نہیں ہو رہا ہے۔ تم کیا پانی پی رہے ہو؟"

اُس نے دیوان سے اُٹھ کر ایک بڑا جام زبردستی میرے منہ سے لگا دیا اور سارا مجھے

پلا دیا۔ پھر وہ دیوان پر لیٹ گئی اور بولی۔ "میری پیٹھ اچھی طرح سہلاؤ!"

میں نے بات کا رُخ بدلنے کی غرض سے کہا۔ "وہ تمہارے بیس شاعر کہاں ہیں۔ جن سے مِلانے کا تم نے وعدہ کیا تھا!"

وہ ایکدم غصّے سے اُٹھی اور دیوان کے قریب ایک بُک شیلف سے ایک کتاب گھسیٹ کر بولی۔ "یہ رہے تمہارے بیہودہ شاعر، مِلو ان سے۔!"

کتاب کا نام تھا۔ "بیس نئے شاعر۔"

"آؤ مِلو ان سے۔!" وہ کتاب کے ورق اُلٹتے ہوئے بولی۔

"یہ ڈبلیو، آر راجرز ہے۔ سنو کیا کہتا ہے:

In that land alls' flat , indifferent, there is neither Springing house, nor hanging tent, No aims are enter tained, and nothing is meant, for there are no ends or trends, no roads, only follow your nose to any where.

" اس ملک میں ساری زمین چپٹی ہے ۔ بے کار اور وہاں کوئی گھر ہے نہ خیمہ ۔ وہاں کوئی مقصد نہیں ہے اور کسی بات کا کوئی مطلب نہیں ہے۔ کوئی منزل نہیں ہے۔ نہ کوئی رجحان۔ نہ کوئی جادو۔ ناک کی سیدھ لے کر جہاں چاہو چلے جاؤ۔!

یہ رائے فلر (Roy Fuller) ہے۔ اس کی بات سُنو۔

Perhaps in spring the Ambassadars will return, before that we shall find perhaps that Bomb, Books, people, planets worry, our wives are not at all important perhaps the preposterous fishing line tangle of undesired Human existance will suddenly unravel. Before some staggering equation or mystic experience, and God be released from the moral particle or blue light room or, better still, we shall, before Anything really happens, be safely dead.

"شاید موسم بہار میں ہمارے سفیر لوٹیں گے۔ اُن کی آمد سے پیشتر ہی شاید ہمیں معلوم ہوگا کہ بم اور کتابیں، لوگ اور سیارے اور ہمارے دُکھ، حتّٰی کہ ہماری بیویاں تک

بھی ہمارے لئے اہم نہیں ہیں۔

یہ مضحکہ خیز ہنسی کی ڈور جو ہماری بیزار زندگی ہے شاید کسی روحانی قبر سے کسی عظیم فلسفے کی مچھلی کو پکڑ لائے۔ اور خود آزاد ہو جائے۔

اخلاق کے لاسے سے یا نیلگوں روشنیوں والے کمرے سے (آسمان سے) یا اِس سے بھی بہتر، شاید اس سے پیشتر کہ کوئی خاص بات ہو، ہم بڑے اطمینان سے مر جائیں۔!"

یہ جان ہیدا سٹیبلس (John Heath stables) ہے۔

This is a hideous wicked country sloping to hateful sunsets and the end of time Hollow with mine shafts, naked with granite, fanatic with Sarrow. Abortions of the past hop through these hogs; black faced, the villagers remember burning by the stones.

"یہ ملک بد معاش، بد صورت، نفرت زدہ، سورج کی طرح ڈھلتا ہوا۔ وقت کی آخری حدود کو جاتا ہوا۔ کھوکھلا۔ کان میں گاڑے ہوئے کندوں کی طرح ننگا چٹانوں کی طرح، متعصب غم کی طرح۔ یہاں کی دلدلوں میں ماضی کے اسقاط دوڑتے ہیں۔ کالے اور تاریک چہروں والے کسان یاد کرتے ہیں

اُن کو جو پتھروں پر جلائے گئے تھے۔"

ڈورا نے کتاب زور سے پھینک دی۔ کتاب اُڑ کر ریکارڈ پر جا گری۔ ریکارڈ اوندھا ہو گیا۔ میوزک بند ہو گیا۔ ڈورا نے اپنے بال جُھلا کر غضب ناک لہجہ میں کہا۔

"جہنم میں جائے شاعری!"

"جہنم میں جائے شاعری!" میں نے اُسی لہجے میں دوہرایا۔ میں اب اُسے خوش کرنے پر تل گیا تھا۔

"جہنم میں جائیں ورڈزورتھ، براؤننگ۔" وہ بولی۔

"شیلے، کیٹس، بائرن۔" میں نے لقمہ دیا۔

"ملٹن۔ پوپ اور ڈرائیڈن۔" وہ بولی۔

"گالزوردی۔ شا۔ ہارڈی۔" میں بولا۔ کیوں کہ میں اُسے خوش کرنا چاہتا تھا اور میں اُسے اس لئے خوش کرنا چاہتا تھا کیوں کہ اُس کے بدن کا لمس بے حد چکنا ملائم اور بالائی کی طرح نرم اور دبیز تھا۔ وہ لمس میرے احساسات میں بلبلے پیدا کر رہا تھا۔

"جہنم میں جائیں تہذیب اور کلچر۔!"

"سائنس اور فلسفہ۔" میں نے اپنا ہاتھ اُسکی ننگی کمر پر رکھ دیا۔

"جہنم میں جائیں آئن سٹائن۔" وہ میری گردن میں ہاتھ ڈال کے بولی۔

"جہنم نصیب ہو شیکسپیر کو۔" میں اپنے ہونٹ اُس کے ہونٹوں کی طرف لے جاتے ہوئے بولا۔

یکایک اُس نے دونوں ہاتھوں سے مجھے دھکا دیا اور تڑپ کر کھڑی ہو گئی اور دیوان کے تکئے اُٹھا اُٹھا کر مجھے مارنے لگی۔ اور جب تکئے ختم ہو گئے تو کتابوں کے شیلف سے کتابیں نکال نکال کر اُنہیں اینٹوں کی طرح میری طرف پھینکنے لگی۔ وہ غصہ بھری ہوئی شیرنی کی طرح مجھ سے کہہ رہی تھی۔

"How dare you insult Shakspeare" ہمارے شکسپیر کی بے عزتی کرتے ہوئے۔ شیطان، بدمعاش، کتے، نکل جاؤ میرے گھر سے۔!"

"سنو تو۔ ذرا میری تو سنو۔" میں مدافعت کرتے ہوئے اُس کے وار سے بچانے کے لئے پیچھے ہٹتا چلا جا رہا تھا۔ مگر وہ آگے ہی بڑھتی جا رہی تھی۔ اُس نے مجھے دھکا دے کر اپنے فلیٹ سے باہر نکال دیا اور دروازہ بند کر دیا!

میں فلیٹ کے باہر سیڑھیوں پر اپنے سر کو تھامے ہوئے بیٹھ گیا۔ چند لمحے خاموش رہا۔ غصے سے بھرا ہوا۔ چند لمحے تاوے کی طرح جلتا، بھنتا بیٹھا رہا۔ جی چاہتا تھا ٹکّے مار مار کر دروازہ توڑ دوں۔ پھر جب صورت حال پر غور کیا تو بے ساختہ ہنسی چھوٹ گئی۔ میں کسی طرح اپنی ہنسی نہ روک سکا۔ قہقہہ مار کے ہنسنے لگا۔ میں زینے سے اُٹھا اور ڈورتھی کے فلیٹ کا دروازہ کھٹکھٹا کے بولا۔

"سنو ڈورا۔! دروازہ مت کھولو۔ صرف میری بات سُن لو! سنو ڈورا؟

میں نے تمہیں غلط سمجھا۔ تم بہت اچھی لڑکی ہو۔ تمہارے دل میں شیکسپیر زندہ ہے جب تلک شیکسپیر زندہ ہے انسان کی اُمید زندہ ہے۔ میں جاتا ہوں۔ میرا جہاز اب سے ٹھیک چار گھنٹے بعد ایرپورٹ سے چلا جائے گا۔ خدا حافظ۔ ڈورا سوئٹ ہارٹ۔!!"

اتنا کہہ کر میں زینے سے نیچے اُتر آیا۔ گھڑی دیکھی۔ چار بج رہے تھے۔ لندن سو رہا تھا۔ برف کے نیلگوں سنّاٹے میں ٹھٹھرا ہوا۔ سپیدۂ سحر کے پہلے بس کا انتظار کر رہا تھا۔ ڈورا کے فلیٹ میں ابھی تک روشنی تھی۔

ایرپورٹ پر وہ مجھ سے ملنے کیلئے آئی۔ اُس نے فان رنگ کا کوٹ پہنا ہوا تھا۔ اور اُس کی آنکھوں کی بنفشئی پتلیاں روشن اور شاداب نظر آتی تھیں۔ آتے ہی اُس نے میرا ہاتھ پکڑ لیا اور متاسف لہجہ میں بولی۔ "رات کو میں زیادہ پی گئی تھی۔

"کوئی بات نہیں۔"

"رات کو تم بہت اچھے تھے۔ بہت سلیقے والے۔ بہت پیارے!"

میں نے جھک کر اُس کا ہاتھ چوما۔

"تم مجھے خط لکھو گے نا؟" وہ شرما کر بولی۔

"نہیں۔" میں نے اُس سے کہا۔ "تمہارے ذریعہ سے میں نے نئی۔ مگر انگریز نسل کو پہچانا۔ یہی پہچان کیا کم ہے۔؟ خط لکھنے سے کیا فائدہ ڈورا!!

وقت بہت گزر جائے گا۔ تم مجھے بھول جاؤ گی۔ میں تمہیں بھول جاؤں گا۔ پھر وقت کے کسی اجنبی موڑ پر کسی انجانے لمحے میں یاد کی وادی میں گھومتے گھومتے میں اچانک تمہارا چہرہ پہچان کر ٹھٹھک جاؤں گا اور اس طرح میں اپنے وطن اور تم اپنے وطن میں اپنی اپنی زندگی کے راستوں چلتے ہوئے ہم دونوں ایک دوسرے کو یاد کریں گے۔ اور جن لمحوں میں ہم یاد کریں گے وہ ہمارے خط ہوں گے۔!"

" پہلے تو وہ کچھ نہیں بولی۔ چند لمحے کھڑی کھڑی عجیب نگاہوں سے مجھے تاکتی رہی پھر اک دم مسکرا کر کہنے لگی۔ "آف کورس!"

"آف کورس" کہہ کر وہ میرے کوٹ میں ایک پھول ٹانکنے لگی۔ میں اُس کی

آنکھوں کے بنفشئی پھول دیکھتا رہا۔

آواز آئی۔

"اٹینشن پلیز۔ فلائٹ نمبر ٹو۔ اے وِن کے مسافر!۔ فلائٹ نمبر ٹو اے وِن کے مسافر۔! کونٹر پر آجائیں۔ دِس اِز دی لاسٹ کال۔"

"دِی لاسٹ کال ڈورا!۔ خدا حافظ۔"

ختم شد